Bats Fly at Dusk

新編賈氏妙探

之7 變色的色誘

賈德諾 Erle Stanley Gardner 著　周辛南 譯

目錄
Contents

Bats Fly at Dusk

目錄
Contents

Bats fly at dusk

出版序言

關於「妙探奇案系列」

當代美國偵探小說的大師，毫無疑問，應屬以「梅森探案」系列轟動了世界文壇的賈德諾（E. Stanley Gardner）最具代表性。但事實上，「梅森探案」並不是賈氏最引以為傲的作品，因為賈氏本人曾一再強調：「妙探奇案系列」才是他以神來之筆創作的偵探小說巔峰成果。「妙探奇案系列」中的男女主角賴唐諾與柯白莎，委實是妙不可言的人物，極具趣味感、現代感與人性色彩；而每一本故事又都高潮迭起，絲絲入扣，讓人讀來愛不忍釋，堪稱是別開生面的偵探傑作。

任何人只要讀了「妙探奇案」系列其中的一本，無不急於想要找其他各本，以求得窺全貌。這不僅因為作者在每一本中都有出神入化的情節推演，而且也因為書中主角賴唐諾與柯白莎是如此可愛的人物，使人無法不把他們當作知心的、親近的朋友。「梅森探案」共有八十五部，篇幅浩繁，忙碌的現代讀者未必有暇遍覽全集。而「妙探奇案系列」共為廿九部，再加一部偵探創作，恰可構成一個完整而又連貫的「小全集」。每一部故事獨立，佈局迥異；但人物性格卻鮮明生動，層層發展，是最適合現代讀者品味的一個偵探系列。雖然，由於賈氏作品的背景係二次大戰後的美國，與當今年代已略有時間差異；但透過這一系列，讀者仍將猶如置身美國社會，飽覽美國的風土人情。

本社這次推出的「妙探奇案系列」，是依照撰寫的順序，有計劃的將賈氏廿九本作品全部出版，並加入一部偵探創作，目的在展示本系列的完整性與發展性。全系列包括：

①來勢洶洶 ②險中取勝 ③黃金的秘密 ④拉斯維加，錢來了 ⑤一翻兩瞪眼 ⑥變！失踪的女人 ⑦變色的色誘 ⑧黑夜中的貓群 ⑨約會的老地方 ⑩鑽石的殺機 ⑪給她點毒藥吃 ⑫都是勾搭惹的禍 ⑬億萬富翁的歧途 ⑭女人等不及了 ⑮曲線美與痴情郎 ⑯欺人太甚 ⑰見不得人的隱私 ⑱探險家的嬌妻 ⑲富貴險中求 ⑳女人豈是好惹的 ㉑寂寞的單身漢 ㉒躲在暗處的女人 ㉓財色之間 ㉔女秘書的秘密 ㉕老千計，狀元才 ㉖金屋藏嬌的煩惱 ㉗迷人的寡婦 ㉘巨款的誘惑 ㉙逼出來的真相 ㉚最後一張牌。

本系列作品的譯者周辛南為國內知名的醫師，業餘興趣是閱讀與蒐集各國文壇上高水準的偵探作品，對賈德諾的著作尤其鑽研深入，推崇備至。他的譯文生動活潑，俏皮切景，使人讀來猶如親歷其境，忍俊不禁，一掃既往偵探小說給人的冗長、沉悶之感。因此，名著名譯，交互輝映，給讀者帶來莫大的喜悅！

譯序

美國有史以來最好的偵探小說

周辛南

賈氏「妙探奇案系列」，（Bertha Cool—Donald Lanm Mystery）第一部《來勢洶洶》在美國出版的時候，作者用的筆名是「費爾」（A. A. Fair）。幾個月之後，引起了美國律師界、司法界極大的震動。因為作者大膽的在小說裡寫出了一個方法，顯示美國人在現行的美國法律下，可以在謀殺一個人之後，利用法律上的漏洞，使司法人員對他無計可施，只好讓他逍遙法外。

於是「妙探奇案系列」轟動了美國的出版界、讀書界和法律界，到處有人打聽這個「費爾」究竟是何方神聖？

作者終於曝光了，原來「費爾」就是名作家賈德諾的另一個筆名。史丹利・賈德諾（Erle Stanley Gardner）是美國當代最著名的作家之一。他本身是法學院畢業的律師，早期執業於舊金山，曾立志為在美國的少數民族作法律辯護，包括較早期的中國移民在內。律師生涯平淡無奇，倒是發表了幾篇以法律為背景的偵探短篇頗受歡迎。於是改寫長篇偵探推理小說，創造了一個五、六十年來全國家喻戶曉，全世界一半以上國家有譯本的主角——梅森律師。

由於「梅森探案」的成功，賈德諾索性放棄律師工作，專心寫作，終於成為美國有史以來第一個最出名的偵探推理作家，著作等身，已出版的一百多部小說，估計售出七億多冊，為他自己帶來巨大的財富，也給全世界喜好偵探、推理的讀者帶來無限樂趣。

賈德諾與英國最著名的偵探推理作家阿嘉沙．克莉絲蒂是同時代人物，都活到七十多歲，都是學有專長，一般常識非常豐富的專業偵探推理小說家。

賈德諾因為本身是律師，精通法律。當辯護律師的幾年又使他對法庭技巧嫻熟，所以除了早期的短篇小說外，他的長篇小說分為三個系列：

一、以律師派瑞．梅森為主角的「梅森探案」；

二、以地方檢察官Doug Selby為主角的「DA系列」；

三、以私家偵探柯白莎和賴唐諾為主角的「妙探奇案系列」；

以上三個系列中以地方檢察官為主角的共有九部。以私家偵探為主角的有二十九部，梅森探案有八十五部，其中三部為短篇。

梅森律師對美國人影響很大，有如當年英國的福爾摩斯。「梅森探案」的電視影集，台灣曾上過晚間電視節目，由「輪椅神探」同一主角演派瑞．梅森。

研究賈德諾著作過程中，任何人都會覺得應該先介紹他的「妙探奇案系列」。讀者只要看上其中一本，無不急於找第二本來看，書中的主角是如此的活躍於紙上，印在每個讀者的心裡。每一部都是作者精心的佈局，根本不用科學儀器、秘密武器，但緊張處令人透不過氣來，全靠主角賴唐諾出奇好頭腦的推理能力，層層分析。而且，這個系列不像某些懸疑小說，線索很多，疑犯很多，讀者早已知道最不可能的人才是壞人，以致看到最後一章時，反而沒有興趣去看他長篇的解釋了。

美國書評家說：「賈德諾所創造的妙探奇案系列，是美國有史以來最好的偵探小說。單就一件事就十分難得——柯白莎和賴唐諾真是絕配！」

他們絕不是俊男美女配：

柯白莎：女，六十餘歲，一百六十五磅，依賴唐諾形容她像一捆用來做籬笆，帶刺的鐵絲網。

賴唐諾：不像想像中私家偵探體型，柯白莎說他掉在水裡撈起來，連衣服帶水不到一百三十磅。洛杉磯總局兇殺組宓警官叫他小不點。柯白莎叫法不同，她常說：「這小雜種沒有別的，他可真有頭腦。」

他們絕不是紳士淑女配：

柯白莎一點沒有淑女樣，她不講究衣著，講究舒服。她不在乎別人怎麼說，我行我素，也不在乎體重，不能不吃。她說話的時候離開淑女更遠，奇怪的詞彙層出不窮，會令淑女嚇一跳。她經常的口頭禪是：「她奶奶的。」

賴唐諾是法學院畢業，不務正業做私家偵探。靠精通法律常識，老在法律邊緣薄冰上溜來溜去。溜得合夥人怕怕，警察恨恨。他的優點是從不說謊，對當事人永遠忠心。

他們也不是志同道合的配合，白莎一直對賴唐諾恨得牙癢癢的。

他們很多地方看法是完全相反的，例如對經濟金錢的看法，對女人——尤其美女的看法，對女秘書的看法——

但是他們還是絕配！

賈氏「妙探奇案系列」，為筆者在美多年收集，並窮三年時間全部譯出，全套共三十冊，希望能讓喜歡推理小說的讀者看個過癮。

第一章 盲人的委託

門上漆的是「柯賴二氏私家偵探社」。但是來訪的盲眼人是看不到的。電梯操作員告訴他怎麼可以找到我們辦公室，他一出電梯就用他的盲人白手杖挨戶點數，直到他瘦瘦，弱不禁風的影子反映在辦公室門的磨砂玻璃之上。

卜愛茜自打字機上抬起頭來看他，看到的是一個老人，戴著厚重的黑眼鏡，手裡拿根白色有條紋盲人杖，胸前掛一隻木盤，盤裡有各色便宜領帶、鉛筆和一個洋鐵罐頭。愛茜停下她的工作。

盲人搶先開口：

「我來看柯太太。」

「她在忙著。」

「我等她好了。」

「等也沒有多大用處。」

盲人迷惘了一下，然後凹下去的面頰上露出瞭解的笑容。「我是有生意來找她的。」他說：「我有鈔票。」

卜愛茜說：「那就不一樣。」她伸手向電話，想了一想，把有輪子的椅子用腳踢離打字桌，把椅子轉過來，說道：「你請等一下，」自己站起來，經過漆著「柯氏，私人辦公室」的門，走了進去。

柯白莎五十多年齡，一百六十五磅的現實主義，坐在有扶手的迴轉辦公椅上，經過寬大的辦公桌，用她灰色眼睛吹毛求疵地看向卜愛茜。

「什麼大事？」

「來了一個盲人。」

「多大年齡？」

「老人。街上的小販。賣領帶、鉛筆的，也討鈔票——」

「轟他出去。」

「他要見你——有生意。」

「有鈔票嗎？」

「他說他有鈔票。」

「什麼樣的生意？」

「他沒有說。」

白莎瞪了愛茜一眼。「把他帶進來，還站在那裡幹什麼？他要我們工作，他又有鈔票，他就是大爺。」

愛茜說：「我就等你這樣說。」她把門打開，向那盲人道：「請進來。」

盲人杖點著點著帶領他經過接待室進入柯白莎的辦公室。一進入房間，盲人停下來，把頭側向一邊注意地靜聽著。

靈敏的耳朵聽到柯白莎細微的動作聲，他像可以看到她一樣，轉身正確地面向她，他說：「柯太太，早安。」

「請坐。」白莎說：「愛茜，幫他忙坐……好極了，這樣就好了，這裡沒你的事了，請坐，請坐，先生是——」

「姓高，高朗尼。」

「很好，我是柯白莎。」

「是的，我知道。為你工作的年輕人哪裡去了，柯太太？我相信他的名字叫賴唐諾，是嗎？」

白莎的臉色突然黯下。「可惡的小子！」她脫口而出。

「他哪裡去了？」

「去海軍了。」

「噢。」

「他是志願入營的。」白莎說：「這小子可以不必去當兵的，我什麼都給他辦妥了。就在快要通知入伍前，我參加了替政府營建的工作，把他名字歸在國防事業項下——這小子不識好歹，自動入伍當海軍去了。」

「我想念他。」高朗尼簡單地說。

「你想念他？」白莎皺眉地問：「我不知道你認識他。」

他輕輕一笑道：「經常照顧我的人我都認識。」

「什麼意思？」

「我的地盤在半條街之前，我經常站在拐角銀行大廈門口。」

「喔，想起來了，怪不得有點面熟，我見過你在那邊。」

「每一個常經過的人我都認得出來。」

「啊，」白莎說。「原來如此。」大笑著。

「不，不，」他糾正道：「不是這樣的，我真的是瞎子，但是我認識他們的腳步聲。」

「你的意思在那麼多經過的人中間，你可以認出他們的腳步聲？」

「當然，」高朗尼直率地說：「人的走路一如他們做任何工作都有一定習慣，步伐的大小，走路的速度，腳後跟的拖曳——喔，至少有十幾種分辨的方法。當然，偶然我聽到他們說話聲。說話聲配合是最有用的。舉例來說，你和賴唐諾先生只要一起經過，一定在說話。我是說你在說話，早上上班經過你會問他昨天做了什麼工作，可以回報客戶，晚上經過你總是催他工作要快，要有效果。他事實上很少開口。」

「他不必開口，」白莎咕嚕道：「他是我用過最有腦子的小混蛋——有個性，也有點糊塗，自己去加入海軍就是最好的證明。一切免役都給他辦好了，工作也正是最賺錢的時候，才給他自聘雇升成合伙——他要去當兵。嘿！」

「他認為國家需要他。」

白莎生氣地說：「我也需要他。」

「我一直很喜歡他。」盲人說：「他仁慈，又為人著想。你才收留他的時候，可能他相當慘。」

「餓都快餓死了。」白莎說。「皮褲帶的頭在磨他的脊椎骨。我收留他，給他賺錢過正常生活；他把自己變成合伙人，突然他說走就走了。」（見本全集第一集《來勢洶洶》及第三集《黃金的秘密》）

高朗尼追憶往事地說：「在他自己運氣最不好的時候，他也曾對我安慰過。當他賺一些小錢時，他開始把零錢拋進我的鐵罐——我注意到有你在一起時，他從不拋錢給我。後來他拋整張鈔票給我時，他從不開口。」盲人緬懷地說：「他不要我知道是什麼人給我的錢，其實我聽他腳步聲一如我聽到他聲音。我知道他不要使我受窘——他讓一個乞丐保持一點自尊，其實一個人只要當了乞丐，什麼人給他錢他都會拿。」

白莎自辦公桌後把身體坐直。「好吧，」她說：「說到鈔票，你要我為你做什麼？」

「我要你替我找到一位小姐。」

「小姐是什麼人？」

「我不知道她名字。」

「長得怎麼樣子？喔。我抱歉。」

「沒關係，」盲人說：「我把知道的都告訴你，她工作的地方從這裡算起不會超過三條街的距離，她大概二十五或二十六歲。她瘦小，大概一百零五或零七磅，五呎四或五呎五吋高。」

「你怎麼知道的？」白莎問。

「我耳朵聽出來的。」

「你的耳朵怎麼會聽出她在哪裡工作？」

「可以的。」

「我不相信。」白莎說。「你到底搞什麼鬼？」

「不是搞鬼。我站的地方有一個報時鐘，所以我估計時間十分正確。」

「那有什麼關係？」

「她每天早上經過我前面總是在九點不到五分至九點不到三分，當她在九點不到三分經過我前面時，總是走得快一點。要是在九點不到五分，就走得慢一點。一般公司行政秘書都是八點半開始工作的，比較高級的工作才九點開始。我聽她聲音知道她多少歲；從她走路的步伐寬度可以知道她多高。當我們一定要依靠耳朵來判斷的時候，耳朵也是很可靠的感覺器官。」

柯白莎停下想想道：「你也許是對的。」

「當一個人突然失明的時候，」高朗尼道：「有的人驚惶失措，以為從此和世界斷絕聯絡，自己就一切不再參與，但是有的人學會用別的方法來代替看東西，仍舊可以對周圍環境發生興趣，享受生命樂趣，一點也沒有不便。」

白莎捉住這個機會，希望不再討論人生哲學，而把談話主題拉回到「金錢來往」來。「為什麼要我去找這位小姐？你自己為什麼不去找？」

「她不久前就在街角被汽車撞傷了，那是星期五下午五點三刻左右。那天她下班晚了一點，經過我的時候走得很快。可能已經有約會，急著回去換衣服。她才走出街角兩步，我就聽到汽車輪胎煞車聲，撞擊聲，而後那小姐驚叫聲。我聽到人們跑步聲，一個男人在問她有沒有傷太重，她笑著說還算好，沒有什麼；但是她顯然嚇慘了，在抖。男人堅持一定要請她去醫院檢查一下，她拒絕了，最後他說他可以用車載她一程。當他扶她上車的時候，她發現頭痛得厲害，也許請個醫生檢查一下是對的。星期六她沒有回來上班，星期一也沒回來，今天星期二了，也沒見她回來，我要你出力找她一找。」

「這和你有什麼關係呢？」白莎問。

盲人善良地笑一笑。「你把這件事算作老年人的過份關心好了。」他說：「我是靠別人關心、幫助才生存的。現在。也許這位小姐也需要別人的幫助。」

白莎冷冷地看著他，「我是不靠別人關心，也不靠別人幫助過活的，這件事你要付十元一天工作費，而且每件工作最少二十五元費用。二十五元花完之後，假如沒有結果，由你決定繼續十元一天去找，還是結案。」

盲人解開上衣扣，把皮帶打開。

「這是幹什麼？」白莎問：「跳脫衣舞？」

「拿我的錢帶。」他解釋。

白莎看著他用大拇指和兩個手指伸進綁在腰上，裝得很肥的錢帶裡去。他撈出厚厚一卷疊在一起的鈔票，自最外面剝下一張遞給白莎：「你找零錢給我好了。」他說。「我不要收據。」

那是一張百元大鈔。

「你有小額的鈔票嗎？」白莎問。

盲人簡短地回答：「沒有。」

白莎打開皮包，拿出一個鑰匙，打開一只辦公桌抽屜，拿出一只鋼皮的現金箱，從頭頸上拿出一個鑰匙把它打開，數了七張十元面額、一張五元面額的鈔票出來。

「我們的報告怎麼送給你？」她問。

「我只要口頭報告。」他說：「反正我也不會看報告，有結果時走到銀行大廈來，靠近點，輕輕告訴我，不要被別人聽到就可以，你可以假裝在選領帶。」

「可以。」白莎說。

盲人拿起手杖，自椅子中站起來，用杖尖探路走向辦公室門口。突然他又停住，轉身說：「我已經是半退休了，氣候不好的時候，我不工作的。」

第二章　本案的第一個難題

白莎氣呼呼地向下看在打字的卜愛茜。愛茜停下來。

「你想得到嗎？」白莎說：「那傢伙打開上衣扣子，打開褲帶，腰上綁著一條錢帶，那錢帶飽得像個備胎。他只打開錢帶一隻袋袋，拿出一卷鈔票，剝下一張來，就是一百元。我問他有沒有小一些面額的，他說沒有。」

卜愛茜倒沒覺得這有什麼特別。

「一個坐在路角討飯的，」白莎說：「不必付房租，不必付所得稅，不需要雇員，不必填身家調查報告。他隨便拔一根毛，我就差一點把現金箱裡每一分錢都拿出來找給他。」白莎提高音調激動地說：「竟然他對我說，天氣不好他就不會上班！刮風，下雨，大霧，我就從來不敢不起床，再怎麼冷，怎麼濕，爬也要爬到這裡來——」

「是的，」愛茜說：「我也是這樣，不過柯太太，我要比你早一個小時上班。

再說。假如叫我找開一張一百元，我——」

「好了，好了。」白莎理會到這個話題有其本身的危險性，再下去愛茜一定會有意無意談到公家機關秘書的待遇。她說：「這個問題我們暫時結束，我走出來是順便告訴你一下我要出去一會兒，我去調查一位車禍案中受傷的女郎。」

「要親自出動呀？」卜愛茜問。

柯白莎生氣地說：「這種小事何必找別人去辦，那位小姐上星期五下午五點三刻在前面街口撞到汽車。開汽車的男人送她去醫院。我只要到交通組去查一查車禍底案，叫輛計程車去醫院，問問那小姐傷勢如何了，就可以向那瞎子報告結案了。」

「他要這種消息幹什麼？」卜愛茜問。

「沒錯，」白莎揶揄地說。「他要這種消息幹什麼？他要知道這位可愛的小姐在哪裡，他可以送束花給她。這位可愛的小姐每天走過他前面，給他帶來光明，帶來友情。現在他想念她了，他拿二十五元錢出來要知道她在哪裡。嘿！」

「你不相信他？」愛茜問。

「不相信。」白莎說：「你也許會有羅曼蒂克的幻想，白莎不是這種人，白莎不相信神話。白莎只相信二十五元現鈔。白莎這次只要花一個半小時時間就可以賺到這二十五元錢。你守在這裡，任何人要光顧我們生意，你可以約定——下午一上班就和我見面。假如是捐獻什麼的——就說我出城去了。」

白莎大步走過接待室，走出門去，把門重重自身後帶上，非常滿意愛茜在她沒有碰上門之前，已經在敲打字機的字鍵了。

在警局交通組，白莎碰到了本案的第一個難題，所述的時間、地點，根本沒有車禍報告。

「你們這算什麼交通組？」白莎不滿地數說值日的警官。「明明一個男人撞了一位小姐，你們什麼也不知道。」

「有的時候他們懶得報告車禍。」警官說：「報告我們沒有資格填，法律規定要由當事人填。假如警察看到車禍，警察要抄牌，過後催事主填寫報告。」

「你是說在那樣一個市中心，沒有一個警察在附近看到或聽到這樣一件車禍？」

「你講的那個街口。是有警察的，不過規定五點四十分他要離開。走兩條街，走到主要的大道幫助那邊的交通警察維持秩序。我們人手不足，我們儘可能機動調配。」

「你聽著。」白莎說：「我是付稅的人，我有權要求你提供這方面消息，我就是要這個消息。」

「我們也希望能幫助你呀。」

「好，有什麼辦法可以得到呢？」

「我建議你打電話問附近醫院。上禮拜五，在六點到七點鐘左右，有沒有這樣一個女病人來急診室檢查，我想你一定知道她長相、姓名的。」

「知道一點點。」

「你不知道她姓名？」

「不知道。」

警官說：「雖然比較困難一點，但應該是查得到的，試試看。」

白莎試了，躲在一個電話亭裡，身上猛流汗，一個一個硬幣餵進投幣口去。餵了三角五分錢之後，白莎的脾氣越來越大，耐性越來越小。她每次要說相同的故事，然後對方讓她等一下，給她接通另一個部門，於是又重複這個故事。

白莎有自知之明，這種工作根本不是她的專長，她想念賴唐諾，唐諾要是在多好，他的「溫吞水」個性，可以在電話上工作兩小時，白莎不行。數兩小時鈔票才是白莎專長。

第三章　刊登廣告

十字路口白天交通的流量是相當多相當擠的。用完午餐回辦公室的人，在人行道上你來我往，自動交通號誌帶著鈴聲依照固定的間隔改變燈光顏色。電車偶而發出腳踩的叮叮聲加入汽車引擎、離合器、起動和煞車的混合嘈音中。

中午太陽出來，氣候溫暖，兩側高樓大廈使馬路一如人造山谷，充滿了汽油燃燒出來的廢氣，身上總是黏嗒嗒的。

高朗尼坐在銀行大廈前有陰影的一塊石階上，兩腿合併著，吊在脖子上的木盤平放在腿上。盤子一側是鉛筆和那個洋鐵罐頭，經常有人把零錢硬幣投進鐵罐去，偶或有人停足翻看一下領帶。

高朗尼知道他出售的貨品在盤子上的位置，憑觸覺也知道它的質科。「夫人，這條領帶品質好，適合年輕男人使用。」他摸著一條大紅有粗的白斜紋、細的黑斜紋絲質領帶，在說服一位太太。「這一條可以說喜歡深藍色的人最適合的領帶了。尤其在這種不穩定氣候的時候，送人作禮物也是很受人歡迎的，這裡還有一條……」

他聽到柯白莎很有個性的步伐走向他，自動停了下來。

「是的，夫人，我想你會喜歡這一條的，就這一條好了。五毛錢就可以了，請你拋在筒裡，謝謝你。」

因為盲人用不到眼睛，所以當白莎彎下腰來看領帶的時候，他沒有抬頭，只是說：「怎麼樣？」

白莎一面假裝著看盤裡的東西，一面說：「目前沒有進展。」

盲人沒說話，有耐心地等候更多報告。

白莎猶豫了一下，籌措怎樣解釋自己才說的話，她說道：「我查了交通組，他們沒有這件事的報告，也查了附近的大醫院。查不到任何消息，可能你還可以告訴我一些什麼其他資料以便進行。」

高朗尼平靜低聲地說：「我來看你之前，這些工作我都做過了。」

「你都做過了！」白莎喊道：「那你為什麼不告訴我？」

「你總不會認為我付別人二十五元錢。為的是請人跑跑腿吧？」

「你根本沒告訴我，這些地方你都問過了。」白莎生氣地繼續喊著。

「你也沒有告訴我，你腦子裡想的是任何人都可以去做的工作。我認為我請的是私家偵探。」

白莎把身體站直，重重地一步一步離開，臉在發紅，眼睛裡有火光，太陽晒得燙燙的人行道，使她裝在鞋子裡的腳在發脹。

走進辦公室的時候，卜愛茜自坐著的椅子上抬頭，問她道：「查到了嗎？」

白莎搖搖頭，走進她自己辦公室。把門關上，一屁股坐進她專用的迴旋椅，開始用她的腦子。

她用心思考的結果是決定在日報上刊登一則分類廣告。

「任何人，上星期五五點三刻，見到脊湖路百老匯路口所發生車禍者，請聯絡巨雪大廈柯白莎。無訴訟，不必出庭，無打擾。只需消息。如知道肇事車車號，賞格五元。」

白莎自迴旋椅向後靠，又看了一下原稿，再研究一下字數和廣告費用，拿起鉛筆，又重新起稿。

寫了幾次之後，原稿變成這樣：

「周五脊湖路百老匯路車禍目擊者，請聯絡巨雪大廈柯白莎。知車號賞三元。」

白莎滿意地看看這一次完成的原稿，想了一下，把鉛筆再次拿起，把原稿上的三元划去，改成兩元。

「兩元也應該夠了。」她自己對自己說道：「再說，除非有人存了心想出面做個證人，否則絕對不會故意把別人車禍車號記下來。對這種人兩元也就可以了。」

第四章　掃地出門

星期三下午，卜愛茜推開白莎私人辦公室的門。她說：「柯太太，外面來了一個男人想見你，但是不肯說自己姓什麼。」

「他想幹什麼？」

「說是你登了一個廣告。」

「什麼廣告？」

「說是有關一個車禍的。」

「又如何？」白莎問。

「他想要那兩塊錢。」

白莎兩眼發光，說道：「快叫他進來。」

卜愛茜帶進來的男人，看來只要是錢，不論什麼來路都想要賺的樣子。他全身的外表像隔了夜的油條，頭頸，兩肩，脊柱和大腿都有不勝負荷的倦怠，連叼在嘴上的香菸，在說話時跳上跳下都有懶洋洋的味道。

「哈囉，」他說：「是你登廣告要知道車禍詳情的嗎？」

白莎露出笑容；對他說：「是的，坐下來談，不是，不是那張椅子，坐這邊來，這椅子比較舒服，靠窗近一點，也涼快些。請問你先生尊姓？」

來人露齒向她笑笑。

來人大概三十歲，五呎九吋高，體重和身高對比要輕了一些；白莎觀察的結論他是個懶人，一定常自怨自艾，而且是厚顏無恥的。

「暫時不談這些，」他說：「我要是一告訴你我的名字，你會給我一張開庭傳單，叫我去做證人，我把你沒有辦法。在要我出去做證人之前，我們先要把條件談妥。」

「什麼條件？」白莎問，一面小心地把一支香菸裝進她的象牙菸嘴。

「當然是對我有什麼好處的條件，」那人說。

白莎和藹地微笑一下。「可以呀，假如你真的看到了我希望你曾經看到的東西，我是可以給你點錢花花。」

「別誤會了，老姐。我是真的什麼都看到了。你要知道，有的人就是不想出庭去做證人，你也不應該怪他。收到一張傳票跑五次法院，只是坐在那裡，你浪費五個半天時間，第六次你去，渾蛋律師會問你一大堆廢話，你在那裡受窘，律師在那裡賺大鈔票。官司打完，律師伸手謝謝你，感激你主持正義。你的證詞使受害者得到一萬元的賠償，其中一半進了律師口袋。證人才是真正受害者，被騙的人。我媽媽生不出這種笨人來。」

「我看你媽媽是很聰明的，」白莎笑著道：「你正是我想像中的做生意對象。」

「好極了。那就討論生意吧。」

白莎說：「我最有興趣是想知道——」

「等一下，」男人打斷白莎的話題，他說：「不要從半腰裡殺出來，你應該從頭說起。」

「我是在從頭說起呀。」

「不是，你沒有。慢慢來，老姐。志願先生認為我們應該從裡面有多少好處說起。」

「我是在向志願先生解釋呀。」白莎忍耐地笑道。

「那麼把支票本拿出來，讓我們看看這件事有多少背景。」

白莎說：「也許你先生沒有詳細看那則廣告。」

「也許你廣告上登載得不太合理。」

白莎吹口氣暴出一句話：「別弄錯。這件事裡雙方我都沒有見到過，也不代表任何一方。」

來人裝著氣餒地說：「不代表任何一方？」

「不代表任何一方。」

「那麼你起勁什麼？」

「我只是想找到受傷的女人，現在在哪裡？」

他向她睨視，冷嘲地笑一下，表示完全瞭解了。

「不是，」白莎說：「完全不是你所想像的。在我能找到她之後，我就一切都不管了。我不會建議她去找律師，她的死活和我沒有關係，她是不是要打官司和我也沒有關係。我的目的只是找到她，或是知道她現在在哪裡。」

「為什麼？」

「為了另外一件事。」白莎說。

「另外一件事？」

「是的，真的是另外一件事。」

「這樣說來，她不是我要討論的對象。」

白莎問：「你有沒有撞人汽車的車號？」

「我告訴過你我什麼都有。小姐，運氣天上降下來，我當然拿出我的記事本，拿出我的鉛筆。要知道我一切都記下了。車禍是怎麼發生的，汽車車號，什麼車，哪一年的式樣，有什麼特徵。」

他拿出一本記事本，打開來，將裡面滿滿記著文字的一頁在白莎眼前揚一揚。「老實說，這不是我見到的第一個車禍。」他說。然後又很後悔地加言道：「我第一次見到的車禍我做了惡人，律師敲了保險公司一萬元。沒有上法庭，庭外和解，律師握我手，說我是好公民。嘿！好公民。律師和原告分一萬元，我得到的是握手和好公民。從此握手不能打動我的心。從此我也聰明了。口袋裡老裝著記事本，除非對我有利，我絕不做證人。不過你千萬別擔心我沒有資料。我見到任何事都會詳細記錄。記事本是隨時隨身帶著的，你懂嗎？」

「懂了。」白莎說：「可惜你發言的地方不對，對象也錯了。」

「怎麼會呢？」

白莎說：「有個人雇我去找那位小姐。我甚至連她姓什麼都不知道。我的雇主對她關心，但是她就如此不見了。」

來人把香菸自嘴唇上取下，隨意地把菸灰彈在地毯上，把頭向後一仰，大笑起來。

白莎氣得脖子都紅了起來，「有什麼好笑？」她說。

「好笑？太好笑了！老天！哈！哈！哈！你的雇主想向她獻一束花，只是不知道送到什麼地方。『你有沒有撞人汽車的車號？』」

「你不瞭解，」白莎說：「最後見到她的人說，撞人的人用那汽車送她去醫院，我希望知道她去了哪一個醫院。」

坐在靠窗涼快一點，很舒服大皮椅子裡的男人，笑得前仰後合，臉紅脖子粗，最後乾脆把兩隻腳也搬上了椅子。笑道：「哈！哈！哈！老姐，你殺了我算了，你很有意思，真正的有點意思。」

他從口袋摸出一塊手帕，擦擦笑出來的眼淚和前額上的汗。「哈哈！真有意思。老姐，你還有沒有這種好笑的笑話多講幾個，有一天我沒有飯吃的時候，可以去說相聲。再不然你自己也是受人騙的，那麼天真，容易受騙，有一天會大破財的。」

白莎把椅子推後，「好吧！」她恨恨地說：「你給我聽著，你自以為聰明，是不是？你媽生你生得聰明，是嗎？世界上人都笨，只你一個聰明，好了嗎？又如何？看看你自己，穿的什麼地攤貨衣服？看你襯衣領子都磨破了，鞋底上有洞了。能幹？聰明？你聰明了一半，其他一半見不得人！現在我來教教你這個聰明人。」

白莎站起來，把上身湊過辦公桌上面。她說：

「由於你那麼聰明，自私，我要告訴你我的雇主是個乞丐，一個盲目的乞丐。坐在路邊討錢，賣領帶、鉛筆的，他的年齡到了感情豐富的階段，這位車禍受傷的小姐常常接濟他，也許還拍拍他背安慰他。星期一，她沒有來上班。他開始擔心了。星期二，她沒來上班，他要我出馬去找她。我白莎也受他感動了。我只收他四分之一的錢。

「你剛進來我也想到應該給你點報酬，也許找到她後遊說她一下找個律師打場官司，給你弄點錢用用。既然你自以為自己聰明，你自己去找律師，我不管了。」

坐在椅子上的男性來客這下不再笑了。連嘴角上的微笑也收了起來。他一半生氣，一半驚奇，又有點迷惑地看向白莎。

「好吧。」白莎說：「你可以滾了。否則我也要轟你出去了。」

她開始繞過大辦公桌向他走來。

「等一下，太太——」

「出去！」白莎吼道。

男人突然自椅子上跳起來，好像坐墊上冒出了一支釘子。「等一下，太太，」

他說：「也許我們兩個人合作，可以做生意。」

「我不要這種生意。」白莎說：「我不要伸出乾淨的手來和心術不正的窮癟三做生意。你太聰明了，你自己去找要你資料的律師。」

「不過，也許——」

白莎過來的氣勢有如高山雪崩。她有力氣的右手抓住來客上衣後背，只一扭就成了一個把手。她把手向前伸直，開步向前走。

經過外面辦公室時，卜愛茜吃驚地看著他們。

通走道的門關上時，鑲在門上的毛玻璃差點沒有碰碎。白莎尚還對關著的門怒視了兩秒鐘，轉身來到愛茜桌前。「愛茜，跟他走，我們好好教訓教訓大騙子。」

「怎麼啦，柯太太？」愛茜不懂地問。

白莎抓住愛茜的座椅背，扭轉方向，在她來得及站起前，推過了一半地板。

「去跟蹤他！看他是什麼人，去哪裡。他要是自己開車，給我抄下牌號。快！走吧。」

愛茜向門口走去。

「等一下，」白莎說：「等他進了電梯再出去，不要和他乘同一個電梯。到街上再去找到他好了。」

愛茜快快自辦公室門出去。

白莎把愛茜的座椅推回打字桌前，自己走回她的私人辦公室，拿起抽了一半菸的象牙菸嘴，放進唇間，坐進迴旋椅去。瞇著眼深深吸口菸。

「這個小渾蛋，」她自言自語道：「到海軍去當菜鳥！真是又想他，又恨他！要是他在多好，這混蛋有各種方法可以對付那個癟三。」

第五章　這傢伙比誰都精

卜愛茜在三十分鐘後回來。

「怎麼樣？」白莎問。

卜愛茜搖搖頭。

白莎把眉頭皺起，問道：「為什麼？」

「因為，」卜愛茜說：「我不是賴唐諾。我不是偵探；我只是個打字員。再說，可能這傢伙比誰都精。」

「他怎麼了？」

「他走到街角，在我們雇主——那個盲人前停下。把一元一個的銀元投進錫罐去，一次一個，投了五個。」

「盲人有什麼反應？」

「他每投一個，當銀元發出聲音的時候，盲人鄭重，但很有自尊的點下頭，說聲『謝謝。』一連點了五下頭。」

「之後呢？」白莎問。

「之後這個人通過馬路，開始很快走路。我加快步伐，希望能跟上。他一直走，走到一個行人燈號快要改變的機會，一下躥過街去。我想跟過去。警察把我推回來。對面經過一輛街車，我們的人就不見了。」

白莎說：「你該再追蹤這輛街車，找他——」

「等一下，」愛茜說：「左側正好有輛空計程車，我猛揮手，計程車開過來。我指揮計程車超過街車三次。每次我仔細看街車上的乘客。我看不到裡面有我要的人在。我叫計程車先到街車路線前兩條街停車。付他車錢，在街車到來時，我上車。但是我們的人不在車上。」

白莎有感長長歎口氣。「他奶奶的。」她說。

第六章　目擊證人

五點差九分，卜愛茜打開柯白莎私人辦公室的門。門還沒關上就看得出她緊張兮兮。門在她身後一關上，就見她開口道：「他回來了。」

「誰回來了？」

「那個看到車禍的證人。」

白莎想了一下，說：「他是來兜生意的。他是個渾蛋玩敲詐的。我要不給他得逞，就根本不應該見他。」

愛茜什麼也不說，等候她決定。

「好吧，」白莎說：「叫他進來。」

男人進來的時候帶著微笑，一付殷勤的樣子。「你不必派人跟蹤我的，」他說：「柯太太。不過希望你對我不要有成見。」

白莎什麼也沒有說。

「我對這件事考慮過了。」那人說：「也許這件事你是在說實話。我肯便宜一點和你做次交易。那個女郎並不知道是什麼人撞了她。也許世界上只有我一個人知道。不過，把資料鎖在記事本中一點好處也沒有。我決心把女郎的名字和地址給你。對你我一毛錢也不收。你去看她，和她談談，她要打官司，一定會贏。我只要四分之一就好了。」

「什麼東西的四分之一？」白莎問。

「她從開車的人那裡弄來的四分之一。他可能有保全險的。一定會有庭外和解的。」

「打官司的事我不管。」白莎說：「我告訴過你。」

「我知道，你說過。我們不必為這件事爭辯。說過就算。不過我也一再聲明過，她要想知道是什麼人撞到她的，那得花鈔票，可以不必先付，官司打贏，或是庭外和解，鈔票到手再付。我會請個律師和你們簽一張協議書，一切合法化，你看如何？」

白莎把兩唇閉緊，固執地搖搖頭。

來客大笑。「不必裝腔了。你知道這種要求並不太高。你也許對打官司現在沒興趣，你再想一想就不同了。好吧，給你時間想想。你用得到我的時候，再在分類廣告登個廣告好了。」

「你叫什麼名字？」

「錢，鄙姓錢——錢自來。」

柯白莎說：「我告訴你——」

「是的，是的，」他很順口的打斷她的話：「你要找的女郎是戴瑟芬。她住在南費加洛路山雀公寓。她根本沒有去什麼醫院。」

「為什麼沒有？」白莎說：「那個男人不是說要送她去醫院嗎？」

「那沒有錯。」來客說：「說的是要送她去。他要送她去醫院檢查，免得不放心，但不知什麼理由她不肯去。車禍是星期五傍晚。星期六早上，她又瘦又痛起不來。她用電話請假。星期天她也沒有起床。她可以弄幾百元貼補的，但是她不知道撞她的是什麼人。」

他站起來，點支菸，深吸一口氣，用投機的眼光看向白莎，他說：「現在，你應該知道我的用處了吧。」

白莎看看門，想說什麼，自己又停住。

來客說：「又想轟我出去，柯太太？為什麼這次客氣了呢？其實，柯太太，你可以試試自己一個人去賺這個錢。不過用得到我的時候，我會來的。今天給你的消息免費。這就叫做免費樣品。你要想弄大錢還是要我幫忙的，不必客氣。再見了。」他用悠閒的步態走出了辦公室。

白莎在十秒鐘之內，做好了下班的一切準備工作。

白莎來到外辦公室的時候，愛茜正在用隻罩子把打字機罩起來。她好奇地想問問老闆有沒有從來客得到她要的消息，但沒有問出口，柯白莎也沒有主動提供答案。

山雀公寓是公寓流行時南加州大量建造典型的一幢公寓。單身公寓的時價租金應該是二十七至四十元一個月。房子是磚造的。進門口有白色階梯，突出的走道和人字型的走道簷頂。簷頂由紅瓦蓋著。房子橫寬三十呎，共有三層，門口信箱上掛有住客名字，門鈴就在信箱邊上，十分方便尋找。

白莎找戴瑟芬的名字，沒困難就找到了。她用她短粗的食指，按門鈴。

一個年輕的女人聲音回答：「請問哪一位？」

「為了那件車禍，我想見見你，小姐。」

女人聲音說：「請上來。」電鎖打開，白莎走進去。

公寓沒有電梯，白莎只好爬樓梯。白莎爬樓用的是不慌不忙儘量減少卡路里消耗的方式。她把上身前傾，每跨一步膝蓋提得很高，所以看起來身體起伏很大。

她來到戴瑟芬公寓房門口，倒也沒有心悸氣喘，她理直氣壯地用手指節敲門。開門的年輕女人大概二十五歲。她紅頭髮，鼻尖上翹，眼睛笑瞇瞇的，嘴唇稍寬，隨時可以笑臉相向似的。

「哈囉。」她說。

「哈囉。」白莎說：「你是戴瑟芬？」

「是的。」

「我可以進來嗎？」

「請進，請進。」

戴瑟芬裡面穿了睡衣，外罩一件家居長袍，拖雙拖鞋。樸實的公寓內狀況表示她已在這裡居住有一段相當久的時間。舊報紙，舊雜誌堆成一堆，菸灰缸已好久沒有清理了，房間裡有陳舊的煙味。

「請坐。」年輕女人說：「明天我就可以整理家裡了。」

「你一直睡在床上？」白莎問。

「臥床觀察。」戴瑟芬說：「禍不單行嘛。」

柯白莎把自己在椅子中坐舒服。

「車禍之外還有什麼不好的事情？」

「是呀！你不知道嗎？」

「不知道。」

「我失業了。」

「你說因為你幾天不能上班，就被開除了？」

「喔！不是的。是因為梅先生過世，一切倒楣事才接踵而來的。我以為你都知道的。你先說你是什麼人，你要什麼，我們再談其他的。」

白莎說：「我並不代表任何保險公司，我什麼好處都不會帶給你。」

戴瑟芬的臉上現出失望的神態。「我倒真希望你是代理保險公司的。」

「我就怕你有這種誤會。」

「車子撞到我的時候，我根本認為自己一點傷也沒有。當然，我嚇了一大跳，我從小要做個堅強的女孩，我定一定神，就自己告訴自己不要哭出來。至少，骨頭都沒有斷，只是一下撞昏而已。」

白莎同情地點頭。

「開車的年輕男人倒是非常好的。他馬上停車出來。我一下醒過來的時候，他抱著我正要向他車子裡裝。他一再堅持我至少應該到醫院去檢查一下。我覺得沒有這個必要，但隨即想到，他這樣好心也許為的是他自己的保護，所以我就說好吧，上了車之後，我們聊得很投機，我說服他我一切都很好，什麼問題也沒有，也不會告他或請求賠償。我告訴他我絕不請求一毛賠償。所以他把我送回家中。」

白莎繼續同情地點頭，給對方自信和鼓勵。

「我正以為什麼問題都不會有的時候，奇怪的症狀出現了。我找個醫生，醫生說腦震盪經常都是如此的，好幾天完全正常，但過了一段時間之後，才感覺到症狀出來。醫生覺得我能像現在的狀況還算幸運的。」

「是的。」白莎說：「這一點我完全相信。不過，假如你還想找到那個男的是什麼人，機會總是有——」

「真的？」戴瑟芬看白莎自動停下，就問白莎。

「應該是的。」白莎說。

「你到底和這件案子有什麼關係？」她問。

柯白莎給她一張名片。「我是一個偵探社的頭子。」

「一個偵探！」戴瑟芬驚奇地叫出來。

「是的。」

戴瑟芬說：「我總以為偵探是怪裏怪氣的人，但是你和平常人沒有區別。」

「是沒有區別。」

「你為什麼對我有興趣呢？」

「因為有人聘請我，要我找到你。」

「什麼人？」

白莎微笑一下說：「給你猜一千次，你也絕對猜不到。有一位男士對你有興趣，他知道你受傷了，要知道你情況。」

「但是，他為什麼不自己打個電話過來？」

「你說他不知道我在哪裡工作？」

「他不知道怎樣和你聯絡。」

「他不知道。」

「他是誰？」

「一個老年人，」白莎說：「他好像──」

「喔！我打賭是那個盲人！」

這下輪到白莎驚奇，她怎麼可能一下就猜到了。她問：「你怎會想到的？」

「等於是你告訴我的，你那麼有信心我猜不到什麼人請你來找我，所以這個人一定非常出乎常情之下。你要知道我也常想到他，今天早上還在想，怎樣可以通知他一下，我已經沒有事了。」她笑笑又道：「當然對一個站在銀行大廈門前賣領帶的盲人，你總不能寫封信寄給他，是嗎？」

「你說對了。」白莎說。

「所以，只好請你轉告他，我對他的關心真是十分十分感激了。」

白莎點點頭。

「請告訴他我謝謝他，要是沒有其他併發症，我會在明天早上或後天自己去看他的。」

「他倒真的對你很關心。」白莎說：「他自己也是很特別的，用耳朵幾乎可以代替眼睛。」

「還是請你一定要先告訴他一下我很好，謝謝他，我會去看他。」

「當然。」

白莎自椅中站起來，猶豫一下，說道：「我也許有辦法——替你弄到一點補償，不過我先要花一點錢，才能查到那個撞你的年輕男人是什麼人。除非你認為有必要，否則這件事就如此結束，我要結案了。」

「你說你有辦法知道是什麼人撞了我的？」

「我說我有可能有希望，不過也需要花不少鈔票的。」

「要多少錢？」

「還不知道。也許是你能得到的幾分之幾，我估計別人要的是你能得到的一半。假如你有其他方法查到，我不鼓勵你走這條路。」

「不過你會代理我做一切的事情，是嗎？」

「假如庭外和解，我當然可以替你辦，要是要上法庭，當然只有你親自出馬。」

「喔！不可能上法庭打官司的。那個年輕人良心好，非常體貼。我相信他是有保險的，假如他知道我臥床在休息——當然，也不是嚴重到不得了的程度。我只是三、四天不能工作，我的工作反正是要失掉的，和這事無關。」

「你替他工作的男人，死掉了？」

「是的，梅好樂。」

「你工作的地方一定離開那盲人站崗的地方不遠。」

「離開銀行兩個街口——在拐角那個廣場舊大廈，梅先生在那裡有一個小的工作室。」

「他是幹什麼的？」

「他自己嗜好有關的研究工作。他有個理論，認為軍備是有一定發展途徑的，最好的自衛武器，莫過於侵犯武器。而侵犯性的軍備又是無止境的，一旦開始參加競賽，終將自食其果，開始投資越大，將來越不好收拾——但是你對這些不會有興趣的。」

「蠻有興趣的理論。」白莎說。

「他準備寫一本這個題目的書，我已經替他聽寫了不少了，工作相當順利的。」

白莎說：「假如對這次車禍你希望得到一點補償，你告訴我好了。我認為應該是五百元或一千元，到底你有很大的精神損害和——」

「精神損害我不會敲他竹槓的，我只要那幾天不能工作的工錢和醫藥費收回來。」

「當然，」白莎解釋：「不過一個人向保險公司申請賠款時，要包括其他開支在內的，大多數人都會先獅子大開口，這樣在除去一切正常開支後，自己還可以剩一點。親愛的，你仔細考慮一下，你有我的電話，你和我聯絡好了。」

「柯太太，你真好。星期六，星期天不算，我實際上只有損失三個工作天。我的周薪是三十元，三天的工作是十八元左右。看醫生我花了七元，所以我應該向保險公司要求二十五元的賠償。」

白莎一隻手握在門把上，停在那裡，她說：「不要做傻瓜——」門外有人敲門，膽小、虛心的敲門聲。

戴瑟芬說：「幫忙開一下門。」

柯白莎把門打開。

一個五十七、八歲，謙虛樣子的男人，上唇留著沙色的小鬍子，稍稍屈尊地站在門口，用他的藍眼望著白莎，他說：「你一定是戴小姐，我是梅克理。我按錯門鈴，有人把我放進公寓裡來了。抱歉，我應該退出去再按你的門鈴的。我是來找你談談我的堂兄梅好樂的，他那麼快——」

「不是我。」白莎把她自己站向一側，使門外的男人可以看到房間裡面。「那位才是戴小姐，我也是客人。」

「喔。」來客抱歉地說。

「請進，」戴小姐說：「梅先生，原諒我不站起來了。我被汽車撞到了，不十分嚴重，不過醫生囑咐我不是必要不要隨便亂動。事實上，我對你認識很多，你堂兄叫我聽寫了不少信給你。」

梅先生走進公寓，向戴瑟芬微笑，憂心地說：「你被車撞到了？」

她伸手和他握手。「只是個小車禍，請坐。」

白莎說：「我要走了。」開始跨出門檻。

「等一下，柯太太。」戴瑟芬道：「我倒真想和你談談怎樣可以得到補償，你能再留一會兒嗎？」

白莎說：「能說的都告訴你了。別太計較你有多少損失，哪一天，你真想打一場值得一試的官司時，你找我好了，你有我的電話號碼。」

「好吧，謝謝你。」

第七章　死者唯一的親戚

坐在早晨陽光裡，背靠著銀行大廈花崗石上。白莎走過去的時候，盲人顯得比上次聆聽白莎報告更為消瘦。

白莎改變自己步伐的速度，準備欺騙他一下。

他沒有抬頭，說道：「哈囉，柯太太。」

她笑出聲來。「我以為改變走路方式可以瞞過你的。」

「你改變不了獨有的特色。」他說：「我知道你走路方式和平時不一樣，但是我知道是你，有特別消息嗎？」

「不錯，我找到她了。」

「快告訴我，她沒事吧？」

「沒事。」

「真的沒事？她沒受重大傷害嗎？」

「沒有，現在一切都好了。」

「你有她地址？」

「南費加洛路的山雀公寓，她以前替一個現在死掉了的老闆工作。」

「老闆什麼人？」

「姓梅的，是個作家，死掉的時候在寫一本歷史書。」

「辦公室在這裡附近？」盲人問。

「是的，下一條街口，老倉庫房子裡。」

「我記得那房子樣子——在我瞎掉之前，我見過那大房子。」

靜默了一下，高先生在已經忘懷的實況中追尋記憶。突然他說：「我想我知道他是哪一個。」

「誰？」

「她的老闆，他一定是那個用根手杖，右腿有種特別拖曳走法的老年人，我也一直在奇怪，他上次走過之後，已經有一個禮拜沒再聽到他經過了。是個很保守的人，連續經過這裡有一年多了，從來沒有和我說過話，也從來沒有拋過錢給我，不過一定是梅先生，你說他死了？」

「死了。」

「怎麼死的？」

「我不知道，你找的小姐告訴我他死了，我想他死得很突然吧。」盲人點點頭，「他健康不怎麼好，右腳的拖曳越來越嚴重，尤其是上個月。你告訴她你為什麼找她了？」

「是的。」白莎說：「你並沒有特別關照不可以說，我認為沒什麼不能說的。她一直以為我是代表保險公司的，而且開始要求賠償了，所以我也不得不告訴她我是受什麼人雇用的，沒關係吧？」

「沒關係，還欠你錢嗎？」

「兩不相欠。」白莎說：「你給我二十五元錢，我只要你二十五元。二十五元，我沒有開支。」

「好吧，謝謝你。你這下認識我了，下次經過請停步，我可以給你打個招呼，我很想念你的伙伴的，有沒有他的消息？」

「沒有。」

「有他消息請你告訴我一下。」

「沒問題，會的，再見！」

白莎繼續前進到自己辦公室所在的大廈，進入電梯，走進走廊，聽到卜愛茜敲打打字機的聲音，她走進大門，說道：「哈囉，愛茜我剛才和——」她突然停止說話。

眼皮下垂，香菸叼垂在嘴上的高個子懶洋洋地坐在接待室沙發上，兩腿在膝部交叉，雙手插在兩側褲子口袋中，他用不在意的姿態問白莎道：「事情辦得怎麼樣了？」

「你什麼意思？」

「你知道我什麼意思，保險公司吃了你這一套了嗎？」

白莎說：「我根本沒有想跟保險公司打交道。」

「我知道，我知道。怎麼樣？我們兩個合不合作？」

白莎說：「對你說過，免談。」

「我知道，百分之二十五，怎麼樣？可以了吧？」

白莎激怒地說：「我好好對你說，你聽不進去。看樣子一定要罵你，你才會懂。」

「怎麼說，我的原則都一樣的。」

白莎說：「這樣好了，你把你知道的告訴我，我破例給你二十五塊錢。」

他向她笑笑。

「不要就算，」白莎說：「這還得我自己掏腰包，因為她並沒有聘雇我和保險公司打交涉，事實上，她也不要什麼妥協，她只想要回醫藥費和時間損失。她估計不會超過二十五元。」

「她只要這一些？」

「是的。」

「你當然盡力教導她了，是嗎？」

白莎說：「我可能自己不想參與其中。」

「也許保險公司會想買下我的記事本。」

「也許他們會的，你為什麼不找他們談一談呢？」

「我還真可能會去試試的。」

「我想你是試過了的。」

「沒有，我總是先試油水多的一方的。我不會因為自私，或為了某人改變我的證詞，所以我自己不願去找那個受傷的女人。將來，上法庭，能幹的律師會嗅出我的目的，咬住我猛詰問。經驗告訴我，和你這種人發生私下，非公開接觸不會有問題。臭律師要問我，原告有沒有付我鈔票，我可以理直氣壯回答：『除了規定的證人出庭費，她沒給我任何費用。』」

白莎譏誚地大笑：「二十五元，」她宣布道：「是她目前只想要保險公司賠她的錢，所以我也只能付你二十五元，我是掏自己腰包賭一賭的。」

「百分之二十五。」他堅持地說。

「我告訴過你，這裡面沒有油水可供你來吸取，至少目前一點也看不出有油水來。」

「當然，但是甜頭在後面呀！」

「這樣吧，」白莎問：「有沒有一個地址我要你的時候可以找到你？」

他露齒笑笑。「沒有。」他說著大步走出偵探社的大門。

門關上時白莎對著門在生氣。「豈有此理，」她說：「我恨不能摔他兩個嘴巴。」

「為什麼不摔他呢？」卜愛茜好奇地問。

「可能我將來不得不還要求他呢。」白莎說。

「你說要接受他的條件？」

「最後，假如我沒有更好的辦法時。」

「為什麼？」卜愛茜好奇地問：「你為什麼要和這種人搞到一起去，尤其你根本不喜歡他。」

「還不是為了鈔票，還有什麼。」白莎大步跑進她自己私人辦公室，把自己關起來，把頭埋在今天的晨報裡。

運動版才看了一半，桌上的電話響起。白莎拿起聽筒，愛茜的聲音說：「請問有沒有時間接見一下梅克理先生？他說他見過你。」

「梅，姓梅的？」白莎重複了好幾聲，突然道：「噢，我想起來了，他要幹什麼？」

「他沒有說。」

「讓他進來。」

梅克理在白莎的辦公室中顯得比在戴瑟芬的公寓裡更不自在。他小心，歉意地說：「我但願沒有太打擾你。」

「你要什麼？」白莎直爽地問。

「戴小姐告訴我，你是一個偵探，我大為驚訝。」

「我們專門幹私人的調查案件。」白莎說。

「偵探聽起來比調查員浪漫得多——你以為是嗎？」

白莎用冷冷的眼神注視他道：「這一行裡面沒有絲毫的羅曼蒂克。這也是三百六十行中的一行，我也要花本錢來求利，你到底要什麼？」

梅先生說：「我想要聘雇你，我不知道你們行規是怎樣收費。」

「要看什麼性質的工作，也要看牽涉到多少錢。」她兩眼現在充滿熱望。

「能不能——」梅克理說：「浪費你一點時間，聽聽我的故事？」

「你說吧。」

「我堂兄梅好樂是個行徑很古怪的人。」

「我看也差不多。」

「他自我得出奇，他要用自己的方式過自己的生活。他不喜歡受制於人，也不喜歡去統御別人，他對所有親戚的關係也都是依照這個原則的。」

梅克理把雙手抬起，把所有手指展開，把兩隻手的手指尖逐一對起，稍稍壓下，雙眼自對起的指尖望向白莎，好像希望白莎能瞭解他所表達他堂兄的習性。

「他結婚了嗎？」柯白莎問。

「他太太十年前死了。」

「有沒有小孩？」

「沒有。」

「你是他唯一的親戚？」

「是的。」

「喪禮怎麼樣，由什麼人主辦？」

「葬禮在明天，我讓葬禮在這裡舉行。我在星期一晚上才接到電報通知說他死了，我本人出城去了，所以電報未能及時到手，你為什麼會問到葬禮呢？有差別嗎？」

「喪禮不關我事，你找我幹什麼？」

「是的，是的。我就要說到了，我說過我堂兄有點怪。」

「是的。」

「許多怪概念中的一招是，他對今日社會已經建立好的經濟制度並不投信任票。」

白莎的臉部肌肉抽搐了一下。「老天！」她說：「這有什麼怪，這樣才是有理智。」

梅克理把雙手向頂住的指尖壓下去，手指的底部也互相碰到了一起去。「怪也好，理智也好，柯太太，我的堂兄經常身邊帶著大量的一筆現鈔，我們說得仔細一點，他身上的皮夾，經常裝著大量的一筆現鈔的。這是事實，我還有一封他給我的信可以證實這一點。他認為緊急需要是隨時可能發生的。再說，在星期二，他又在銀行中提出了外加的五千元，他準備星期五參加一個絕版書籍的拍賣會。」

「又怎麼樣？」

「我來這裡接管的時候，他們把他死的時候身上的遺物交給我——衣服，袋裡的零星東西，手錶、名片匣——另外就是他的皮夾。」

「皮夾怎麼樣？」白莎雙眼發光，急呼呼地問。

「皮夾裡，」梅克理說：「有一張一百元的鈔票，一張二十元的鈔票，和三張一元的鈔票——沒有別的了。」

「喔，喔！」柯白莎發表了她的意見。

「你現在知道我在煩惱什麼了。」

「你說什麼了沒有？」

「這種事，自己沒有確實證據前是不能亂開口的。」

「所以你要等有了證據再開口，是嗎？」

「那倒也不一定。」

「怎麼會？」

「戴小姐呀，你知道的。」

「戴小姐又如何？」

「她知道他身邊帶著的這筆錢。」

「怎麼會？」白莎問。

「戴小姐是他的秘書，已經有一年的時間。她記得他請她聽寫過一封信，信裡說他隨時在身上會帶五千元現鈔。我提醒她之後，她很快就記起來了。」

「信在哪裡？」白莎問。

「信是給我的，我留在佛蒙特——我希望它仍在，重要信件我從不拋掉的。」

「堂兄給你的信也算是重要信件？」

「老實說，是的。」

「為什麼？」

「他是我活著的唯一親戚。我認為他是近親，我很喜歡他。你知道家屬式微到只剩兩個人是怎樣的。」梅克理自指尖上面望向她說。

「尤其兩個中有一個非常非常有錢。」白莎酸酸地加上一句。

梅克理什麼也沒有說。

「上次見他什麼時候？」白莎問。

「相當久了——四、五年。」

「說得很好，但是實際上聯絡不多呀。」

「這是他的方式。他喜歡寫信，我認為保持家屬和諧，減少當面接觸是個好辦法，通信聯絡也一樣。」

白莎說：「說得好聽，但從你的用辭，我瞭解你們關係的大概了。換句話說，你們兩個處不來。」

「那是直接說法。」梅克理承認，小心地用辭說：「我們兩個有不相贊同的地方，我們對政治、經濟各有不同的信仰，用信件聯絡至少不會抬槓，我們兩個都是死槓子。」

白莎說：「有啥說啥，可以節省我們兩個很多時間。」

梅克理的眼光中出現「死槓子」的熱誠，他說：「柯太太，你怎麼也會犯一般大眾都有的毛病呢？我的『啥』，不一定是你知道的『啥』。不把事情說清楚，我說的『啥』，你誤會了，更節省不了時間。再說——」

「算了。」白莎說：「我現在瞭解你堂兄怎麼看你了，用你的辦法說下去好了。」

「你要我說我對你『有啥說啥』的看法？」

「不是，說你堂兄的事。他住哪裡？旅社、公寓、俱樂部，還是——」

「不是，柯太太，啥也不是，不是那些地方。不幸的是，他自己有他的住所。」

「什麼人給他管家呢？」

「他有一個管家。」

白莎用眼神請他快講下去。

「一位葛蘭第太太，我看四十來歲，她有個女兒，依娃，和女婿包保爾。」

「保爾和依娃和他們一起住你堂兄家裡？」白莎問。

「是的，柯太太。保爾是駕駛，我堂兄難得出門時由保爾替他駕車。葛太太，保爾和依娃，他們一起住堂兄家裡。依娃只是幫她媽媽而已，他們都支用我堂兄高薪，你要我發表意見的話，這是世界上最浪費，最划不來的一件事。」

「依娃幾歲了？」

「我看二十五歲左右吧。」

「她丈夫呢？」

「大概比她大十歲。」

「對應該在皮夾裡的鈔票，他們怎麼說？」

「問題就在這裡，」梅克理說：「我還沒有向他們提起這件事。」

「為什麼沒有？」

「我希望，我說的不會變成指控他們。在技術上，我有困難。」

「你在想要我替你去做這件事吧？」白莎臉泛紅光地說。

「正是如此在想，柯太太。」

白莎說：「這個我在行。」

「我對這種事一竅不通。」梅克理自認道。

白莎，向他瞟一眼，說道：「是的，我相信——尤其假如這管家是某一種形式的人的話。」

「正是如此。」梅克理有彈性地把相對的兩手手指分合幾下，說道：「她正是你形容那一種形式的人。」

「你說過，有一封信談到有五千元一筆現鈔，另外那五千元如何？」

「那是因為我堂兄想在星期五下午參加一次絕版書拍賣，但是他的病使他無法前往。他的銀行可以證明他提出了五千元錢。柯太太，據我估計，我的堂兄在他死的時候，皮夾裡至少有一萬元錢的現鈔。」

白莎皺起嘴唇，吹了一下口哨，突然問道：「你怎麼樣？有錢嗎？」

「和這件事有什麼關係呢？」

「可以幫助我弄清楚背景。」

梅克理故意想了一下，小心地說：「我在佛蒙特有一個農場，我製造楓糖和楓糖糖漿，我郵購銷售，生活過得去，而已。」

「你堂兄也照顧你生意？」

「是的，他的糖漿也是用我的。他喜歡楓糖，都是郵寄他辦公地址，不寄家裡地址。事實上，我上個禮拜還寄給他一種我新配方的楓糖糖果樣品。真是不能相信，他說去就去——」

「一大堆樣品？」

「不，絕對不是。送人甜的樣品千萬不可以叫人吃膩了，只是甜甜嘴而已。」

「記他帳，還是免費試吃？」

「我記他帳七折優待，他也不忘記立即匯現款，可以扣除百分之二的貨款。」

白莎舉起右手，食指中指做成剪刀狀，她說：「你們堂兄弟之間親密的關係也僅此而已。」

梅克理笑笑道：「你該知道我堂兄，我非常懷疑會有人真的和他關係親密——連他穿的內衣褲也不可能。」

「他的管家如何？」

梅克理臉上浮起一陣陰影。「這就是令我擔心的事，她顯然希望使他一切都要依靠她，我有點怕她。」

「我不怕，我們去找她。」

第八章 梅好樂的遺囑

葛蘭第，雙眼因悲悼帶著紅絲，把手伸向白莎道：「柯太太，請進來。你會原諒我，這件事太突然了——我們都十分震驚。這是我女兒包依娃，這是我女婿包保爾。」

白莎幹練地搖擺進入門廳，和每一個人握手，要想控制全場。

葛蘭第，四十出頭的女人，努力於自己的外表，長期的小心，除了時發痴笑以外，已經把自己培養成各方面看來都是個淑女了。

她的女兒，依娃，是個非常漂亮的褐色髮膚女郎，長腿，曲線良好，薄細的鼻孔，弓型眉毛，急躁型的嘴唇，能隱藏情感的眼睛。

包保爾像個有皮肉的草包，假如他有什麼內涵，也早已被兩個特強個性的女人消磨殆盡了。他普通身高，一般體重，沒什麼特徵。正如事後白莎致賴唐諾信中所形容，「你可以向他一看再看，但是還是沒有看到他。」

梅克理一進門就把自己隱藏在白莎偉大的個子和突出的人格背後，好像他是個小學童，他媽媽正帶他去學校訓導處評理一件他沒有參與的壞事一樣。

白莎不是隨便浪費時間的人。

「好吧，各位。」她說：「我們不是來寒暄應酬的，我的當事人，梅克理，是來把一件事弄弄清楚的。」

「你的當事人？」葛太太冷冷圓滑地說：「請教你是律師嗎？」

「我不是律師。」白莎簡短地說：「我是個私家偵探。」

「偵探！」葛太太明知故問地說。

「是的。」

「喔！老天。」包依娃叫出聲來。

她丈夫擠向前來。「弄個偵探出來幹什麼？」他唐突地裝樣問道，好像藉此壯壯自己的膽。

白莎說：「因為有一萬元不見了。」

「什麼？」

「你不是聽到我說的了。」

葛太太問：「你是不是在控訴我們拿了一萬元錢？」

「我什麼人也不控訴。」白莎回答。過下又加了一句：「目前還沒有。」

「能請你解釋一下你真正的來意嗎？」葛太太宣稱道。

白莎說：「當梅好樂死亡的時候，他皮夾裡有一萬元現鈔。」

「什麼人說的？」包保爾問。

「我說的。」梅克理宣稱道，站前一步，使自己和白莎並肩站著。「我還有證明，我堂兄想參加拍賣幾本歷史方面的絕版書。因為某些不願公開的原因，這次拍賣都用現鈔舉行。在他死亡當天，他一定擁有一萬元現鈔。」

「那麼鈔票一定放在別的地方。」葛太太說：「反正他死的時候，鈔票不在他皮夾裡。」

「不對，不會的。」梅克理說：「他皮夾裡隨時有五——」

柯白莎用她短而粗的手臂橫裡掃一下，把梅先生推向身後，同時也把他嘴閉上。她向葛太太說：「你又怎麼知道他死的時候錢不在他皮夾裡？」

葛太太和其他幾個人交換眼神，一時答不出話來。

包依娃憤慨地說：「我們在這裡管事，老人死了，我們當然要看看他留下了些什麼，有什麼不對嗎？」

包保爾說：「我們還要知道他有什麼親戚沒有。」

「你們早就知道他有什麼親戚了。」梅克理說。

白莎生氣地說：「我又不是到這裡來雄辯浪費時間的，我們來要這一萬元錢。」

「他也許藏在他房裡。」葛蘭第說：「我清楚絕不在他皮夾裡。」

「我拿到皮夾時，倒真正是沒有這筆錢在裡面。」梅克理說。柯白莎在言語上已經佔了先鋒，所以他說起話來也神氣了不少。

「好吧，」白莎言道：「總要有一個地方開始，我去他死亡的房間看看。其他房間又如何？他在家裡工作不工作？」

「老天，當然工作，不過都在書房。」葛太太說：「他有的時候通宵工作。」

「那我們也要看書房，哪一個近一點？」

「書房。」

「我們就先看書房。」

「臥室反正曾經仔細搜索過。」保爾說：「他——」

葛太太狠狠地瞪他一大眼，使他停止繼續說下去。

依娃低聲言道：「親愛的，該由媽媽負責發言。」

葛太太一本正經地說：「請跟我來。」她帶路走進一個寬敞的書房。在門口，她平伸右臂，向書房四周空掃一個半圓，像是她把這個書房交付給這些客人，自己的責任可以減輕一點。

包保爾看看手錶，突然悟到什麼地說：「喔！我忘了要打個電話。」一面快快的走向屋後。

立即，兩位女士的態度改變。葛太太用安撫的口氣問：「你確定他身邊有那麼多現鈔？」

「多半在他皮夾裡。」梅克理說：「銀行職員清楚地記得，星期二他從銀行裡提出五千元錢的時候，他是放進皮夾裡去的。」

葛蘭第和她女兒交換眼色，依娃退守地說：「他根本沒有單獨和梅先生在同一房間過。媽，你是知道的。」

「他活著的時候是沒有。」葛太太說：「但是——」

「媽！」

「好吧！不過是你先提起這件事的。」

「但是，你聽起來好像在控訴——」

葛太太笑臉地轉向白莎，她說：「當然，你提起的這件事太突然了，叫我們大吃一驚。不論你要怎麼樣，你說出來，我們就儘量配合幫助你。」

「喔！當然。」白莎澀澀地說：「你知道我會做什麼之後，你還要吃驚呢。」

書房是一間很大的房間，有不少固定在牆上的書架。很多古裝的皮面書，因為年代久遠，皮面已經變暗，變硬。房間中間是一張很大的長方桌，上面堆滿了翻開或沒翻開的厚書，一本本錯綜互疊著。一邊的中央是一大堆的記錄紙，在它首頁上彎彎扭扭是不能穩定的手所記下的許多札記。

葛太太說：「除了梅克理先生要求看一下所有房間之外，我相信這房間從沒有人來看過。現在的樣子就是梅老先生死的時候的樣子。他生前指示過我們，不論什麼情況，不論什麼人，都不可以移動這房間中任何一本書。他留下什麼情況，只有他一個人可以移動。我自己也不敢彈這張桌子上的灰塵，上面翻在那一頁，他都不准我們動的。」

「我看這地方不像一個人會放十張一千元鈔票的。」白莎左顧右盼地說。

葛太太不發表意見以示贊同。

梅克理說：「那堆札記的內容我看過，都和凱撒大帝的一次戰役有關，和我們討論的事沒關係。事實上，我發現世界上也不會有人對這種事有興趣——」

柯白莎不理他走開，給這個房間一個秋風掃落葉似的翻查。

梅克理說：「我覺得我們應該集中全力來搜查臥室，不過我們都應該有心理準備搜查是不會有結果的，對我而言這不過是提出告訴前必須經過的手續而已。」

「告訴？」依娃尖酸地問：「告誰？告什麼？」

梅克理機巧地避免正面答覆，他說：「這就要靠我的偵探來做最後決定了。」

「不過是個私家偵探。」葛太太嗤之以鼻地說：「她哪有什麼權做什麼事。」

「她現在代表我。」梅克理宣布道。擺出了公事公辦的姿態。

白莎根本不理會這些討論，有關鈔票的事，有如獵狗嗅到血腥，她總是勇往直前的。她大步走向書桌，看看這些翻開著的書本，用洗牌的方法翻一下記錄紙堆，不斷停下來看上面記了些什麼，說道：「老古董的事，什麼渾蛋會有興趣？」

靜寂了一陣，梅克理說：「我堂兄很有興趣。」

「嘿！」白莎說。

又一次房間裡沒有人發言。

「桌子有抽屜嗎？」白莎問。

很明顯的，沒有。

「我看我們還是去臥室吧。」梅克理說。

白莎又一次集中注意力在札記中。

「這玩意兒寫滿了怎麼處理？」她問。

「你說的是這些札記？」梅克理問。

「是呀。」

「交給秘書打字，再給梅先生修改以便定稿。最後變成他私人的資料，他有很多保存的資料，他準備在——」

「札記用紙如何處理？照他如此寫字，一堆紙用不了多久。」

「我看是用不了多久。有時我見到——」

「補充的紙來自什麼地方？」

葛太太指向一個有木門的書櫃。「備用的文具都在這裡，這裡有很多削尖了的鉛筆，一大堆未用過的記錄紙，和很多——」

白莎快步經過她身旁，來到書櫃裡，一下把木門拉開，看向井然有序的文具和補給品，突然回顧葛太太道：「你怎麼會想到是保爾拿走了的？」

「拿走什麼？」

「拿走那一萬塊錢。」

「什麼一萬塊錢，柯太太，我可從來沒有這樣想過。你太過份了，也許你不知道保爾是我的女婿，他是很有責任感的——」

「他賭馬嗎？」白莎問。

母女兩個很快地互望一下，白莎等於有了答案。

「嘿！」白莎說：「我就知道哩，可能現在就在和黑市賭馬的打電話。我告訴你，假如是他拿的，他可能還沒有輸完，叫他早點拿出來還來得及。」

包保爾正好走回來，聽到最後幾句話。「什麼人，」他問：「拿出什麼來還來得及？」

「沒什麼，親愛的，沒有什麼。」包依娃急急搶先回答。明顯的希望大家能改變一個話題。

包保爾的臉色泛紅。「你們都給我聽著。」他說：「別以為我是傻瓜，我知道這個家就多了我一個人，你們兩位女士嘴巴上甜甜的。老天！你們兩位才應該互相結婚算了。我想依娃——你從來沒有想到過，女孩子長大了，結婚了，嫁雞就應該隨——」

「保爾！」依娃尖叫道。

葛太太溫和地道：「保爾，你要和依娃討論夫妻間閨房問題，時間和地點都不適合呀。」

包依娃要轉變大家的注意力，突然好像她要決定幫忙搜查書櫃。「先別急，」她說：「他生前在這個房間待的時間很多，最可能——」

「等一下，」梅克理斬釘截鐵地站到前面來。「該由我來先看。」

白莎根本不理他，寬大厚實的雙肩擋在書櫃門前，雙手把整齊地堆在架上的文具往外撥弄。

「後面還有個抽屜！」她說。

「但是，不把這些文具拿走，他不能用這個抽屜。」梅克理說：「再說——」

白莎把抽屜拉出來。

所有人湊前觀望。

「裡面有什麼？」梅克理問。

「鉛筆芯、郵票、一個信封——封著的。」白莎說：「我們來看看裡面是什麼，可能有點重要東西。」

她打開信封，抽出來是長方形摺疊著的紙。

白莎有興趣地看著內容。葛太太急急地問：「到底是什麼東西？」

白莎說：「我看像是一張一九四二年，元月二十五日，梅好樂先生的最後遺囑，各位有什麼概念嗎？」

「一張遺囑！」梅克理又爭著向前來看，一面叫道。

包保爾說：「等一下，你說哪一天，元月二十五日？想起來了，沒想到竟是——」

「想到什麼，保爾？」他太太在他突然停下時問他。

「這是他叫我做個證人，簽的文件。」保爾說：「你記得嗎？我告訴過你。那是一個星期天下午，戴瑟芬也在這裡。他把我們兩個叫進來，要我們做證人。這張紙是他自己簽的字。他用鋼筆墨水簽了字，在這下面，要我們簽字做證人。」

白莎把文件第一頁翻轉，觀察在第二頁上的簽字。「沒錯，兩個人簽字作證。戴瑟芬和包保爾。」

「那就是了，那是他的遺囑。」

「你為什麼沒有告訴過我？」葛太太譴責地問。

「我跟依娃說過，他叫我們兩個在這東西上簽字，我認為這是遺囑。」

「我從來沒有以為這是遺囑過。」依娃向她媽媽解釋。「老實說我根本沒有重視這件事，我記得保爾在外面洗車子，梅先生敲敲窗上的玻璃叫他進來——」

「遺囑上說什麼？」梅克理問：「看看裡面說什麼。」

白莎一直在看這文件，向後看向梅克理，說道。「你不會喜歡的。」

「別胡謅了。」包保爾不耐地說：「到底遺囑說些什麼？」

白莎開始唸遺囑：

余，梅好樂，寫這張遺囑時身體健康，神智清楚。要宣告所有在場聽我遺囑宣讀的人，我已經相當厭倦了。倒不是厭生，我對生命及生活都十分喜愛，而是厭煩於同時活於世上而在我周圍的人。所以，我把我最後的遺囑用白紙黑字寫出來，其內容如下：

我的親戚，仍活著的只有一個人——梅克理。他是我堂弟，也是一個斤斤計較的偽君子。老實說，我們之間無怨無仇，但是我就是不喜歡他，他的個性和我不合。他對小的事情叨叨不休，但真正應該據理力爭的大事又討好我附合我的主意，其目的很明顯的，是為了在我死後希望得點好處。

真正使我憎厭，造成我和他感情分裂的，是他喋喋地提示我，我們家屬過去的輝煌；血濃於水的責任感；什麼親戚總是親戚；什麼一筆寫不出兩個梅字來，和什麼祖宗在天上也會如何如何。

綜合以上的考慮，也為了要合乎傳統習慣，不使親愛的堂弟太過失望，我應該在遺囑裡第一個不忘記為他列出一條，想想到底他曾經為我寫了很多乏味的長信，我所以決心送給他，遺贈他，我親愛的梅克理堂弟，壹萬元。

白莎把文件翻過一頁。在開始要唸下一頁內容之前，她望了一圈所有瞪著眼在看她的人。

她向梅克理說道：「這都是你自找的。」

梅克理生氣到嘴唇都變白了。他說：「這真是蔑視法理——他到最後才說這種話，連回嘴的機會都不給我。不公平，他是膽小鬼。不過，當然——」

他靜下來說不下去的時候，白莎替他講完了這句話。白莎說：「不過，當然一萬元還是一萬元。」

梅克理漲紅了臉說：「真是污辱，九牛身上一根毛。」

白莎又開始唸手上文件的第二頁。

給我的秘書，戴瑟芬，一萬元。

其餘，我把剩下的一切，都遺贈給我的管家葛蘭第，她的女兒包依娃和依娃的丈夫包保爾。

我不希望梅克理對我的決定有異議或訴諸於法，我死後我所有動產，不動產都立即由葛蘭第接管。

當了證人的面，心中含了怪異的懲治偽君子的快感，我親手簽署這文件，日子是一九四二年元月二十五日。簽字是當時兩位我臨時請進來的證人面前親自簽的，這兩位證人並不知道文件的內容。但是事先我曾告訴他們這是遺囑。

梅好樂（簽字）

「下面，」白莎繼續說：「緊接著是遺囑證人證詞，我看我一併唸一下好了。」

本文件共有兩張，是在一九四二年，元月二十五日，當了我們兩位證人之面，由梅好樂先生拿出來，他說這是他最後遺囑，又當了我們兩個證人面由梅先生簽上名字，這些都是在一九四二年，元月二十五日合法化的。

戴瑟芬（簽字）
包保爾（簽字）

包保爾是第一個打開僵局的人。「真鮮！」他說：「老頭子把那麼多錢留給我們！老頭子叫我簽字做證人的時候，我不知道遺囑的內容，心裡在想他當然把一切遺贈給他堂弟。」

白莎說：「他叫你簽字作證的情況你還都記得？」

他看向白莎，好像白莎是白痴。「當然。」他說：「我記得，只是沒想到遺囑裡有我的錢，所以後來把遺囑的事忘了。就在這書房裡，是個星期天的下午。他把戴瑟芬叫來這裡替他速記點口述，我就在窗下車道上洗車。戴瑟芬走到窗前叫我過去。我進去的時候老闆坐在這張桌子前，手裡拿了支筆。他說『保爾，我現在要簽我的遺囑，我要你和戴瑟芬簽名證明這是我親手簽的遺囑。以後要是有人認為我簽字的時候神志不清，你只要證明當時我沒有比平時瘋狂就可以了。』——反正就是這會事，當時就是這樣子。」

梅克理說：「當然，這裡最尷尬的現在是我了。我真想不通我親愛的堂兄怎麼會用這種眼光來看我的。不過，我們今天來這裡的目的，是來搜查他死亡當天身上失蹤的一萬塊錢的。根據一切現象看來，最有嫌疑的——」

「等一下，」葛蘭第突然說：「我們為什麼要受你這一套？」

梅克理笑了，一種把敵人誘入陷阱時的笑容浮起在他臉上。「我並沒有指控什麼人呀，葛太太。照你剛才說話的方式，好像你自己腦子中也有一個——」

門鈴聲響，打斷了他的發言。

葛太太向她女兒下令：「去看看是誰。」

依娃快步走向前門。

梅克理說：「我有點不相信，太不公平了。」

「算了，」葛太太說：「你已有一萬元了，你認為那不是錢，胃口就太大了。」

保爾出聲哈哈大笑。

白莎說：「我還是要查那不見的一萬塊錢。」

門廳中聲音響起，依娃把戴瑟芬帶了進來。

「哈囉，各位。」戴瑟芬大聲道：「我高興極了，我又找到了一個最棒的工作，替一個政府高級人員工作，他旅行很多，我要跟著他全世界跑。好像是人力調查。他每個國家停留六個禮拜到兩個月，之後又走一個國家。太棒了，不是嗎？」

葛蘭第說：「還有好的消息你沒有聽到呢。」

「是的，」依娃說。「你還有一筆鈔票，你想不到的。」

「什麼呀？」

「沒有錯。」保爾作證道：「記得那一次老闆要我們簽字做證人，關於一張遺囑嗎？」

「喔，你說那一次你在洗車，我敲玻璃窗叫你進來？」

「是的。」

「有這會事，他說是張遺囑，是遺囑嗎？至少他說是遺囑。」

「一點不錯是遺囑，裡面有你一萬元。」

「有多少？」戴瑟芬不信地說。

「一萬元。」保爾說。

柯白莎把遺囑證人簽字那一部份，一下子戳到戴瑟芬鼻子前面，問道：「這是不是你的簽字？」
「是的，當然是我的簽字。」
「那麼這也是你當時作證的遺囑？」
「是的。」
梅克理說：「這一點以後我們有的是時間慢慢來討論。目前，我是來找我的堂兄在死亡的時候身邊帶著的一萬塊錢。我要知道錢哪裡去了。」
「等一下，」保爾狡猾地說：「你要知道錢哪裡去了。你有什麼資格，這一萬塊錢是你的嗎？」
「我當然有資格，我是他堂弟。」梅克理說。
「堂弟，堂弟個鬼！遺囑裡你有一萬塊錢，這就是堂弟的錢。我們才是有資格查問另外一萬元去向的人。現在該由我們來查了。要知道葛太太現在是遺產所有人。你指責我們偷掉的一萬塊錢，是我們的錢，我們把房子拆掉來找你也管不著。萬一找不到，也是我們的損失，與你無關！」
梅克理站在那裡，從一個人臉上看向另外一個人，又迷惘又生氣。
「我看，」保爾說：「你們這裡的工作已經做完了，你和你的偵探柯太太，可以走路了。」

「保爾。」葛太太說：「你不可以那麼刻薄。梅先生已經聽到遺囑的內容了。他自會有分寸的。這裡由我負責。」

「那遺囑是不合法的！」梅克理掙扎地說：「是在不正當影響情況下寫的。」包保爾嘲弄、挑戰地大笑著。「你有辦法證明嗎？」

「那是假的。」

葛太太說：「梅先生，說話要小心。」

戴瑟芬說：「對不起，梅先生。我不知道遺囑裡說什麼，不過以遺囑本身而言，遺囑是百分之百真的。我記得梅老先生在元月裡叫我們進房間來。保爾在書房外面洗車。記得嗎，保爾？你把車自車庫退出來，就在窗的外面，我們在裡面還可以聽到水聲。梅老先生走到保險箱把他的文件拿出來。他告訴我他要簽張遺囑，要我做個證人。他叫我另外找個人來一起作證。我問他想找哪一個，他說都沒差別。之後他說：外面不是保爾在洗車嗎？我們叫他進來好了。」

「沒錯，」保爾說：「就這樣戴小姐叫我進來，老闆說他要簽張遺囑，要我簽字作證。我也沒太在意——你知道，我根本沒有想到裡面會給我一毛錢。」

戴瑟芬道：「我清楚記得你在弄車子，因為你右手有油污。你把油污弄上了文件，梅老——」

梅克理一把攫過遺囑。「但是，這上面沒有油漬呀！」他說。

葛太太自他肩後望向遺囑，恐懼現於臉色。

依娃說：「油漬不油漬和遺囑無關，極可能是戴小姐記憶有問題。」

「不對，」戴瑟芬斬釘截鐵地說：「我不管油漬和遺囑有沒有關係，我也不管什麼人會因而受損，我只知道事實。原來文件上是有個油漬的。假如油漬不在這文件上，文件是假的。」

「等一下，」葛太太說：「油漬可能被擦掉了。」

「不可能。」戴瑟芬說：「我從皮包裡拿出一張面紙曾經立即擦過，還是留下一個油印。」

「對著光照一下，」葛太太說：「油可能被紙吸進去了。油印是逃不了。」

白莎把兩張遺囑紙分開，拿起第二頁對向亮光。小硬幣那麼一塊油漬，清楚的在上面。

戴瑟芬說：「現在我心安了。油漬就在這個位置。」

柯白莎說：「我有話說，我要趁大家在這裡的時候請個照相專家來把這遺囑照下來。照完相，今天就到此為止了。」

葛太太，突然發現自己是一個富婆了，淑女樣的口氣說道：「依我個人意見，這是一個極合宜的建議，我同意這樣做法。」

「媽，」依娃說：「你該說你准許他們這樣做。」

葛太太用貴婦的姿態說：「親愛的，媽說同意這樣做。」

柯白莎開始用電話。

在等電話接通時，她說：「葛太太，法律有規定，遺囑證明人是不能自遺囑中拿錢的。」

葛蘭第說：「我們不必腦子太死了。依娃，保爾和我接收剩下的一切，我們怎麼分法是我們的事。我們會依梅先生希望我們的分配方法分清楚的。我們自己人，不必管法律的繁文縟節。我們喜歡梅好樂，我們對他的遺囑要好好執行。依娃，對不對？」

「是的，媽。對極了。」

第九章　軍中的唐諾來信

柯白莎大步回進辦公室。在卜愛茜打字桌前停下，半發牢騷，半對卜愛茜道：「真是亂七八糟。」

卜愛茜用手一推打字桌，把有輪子的座椅退後，說道：「要不要告訴我怎麼回事？」

「不行。」白莎說：「做出這種鮮事來，我誰都不會說。這樣好一個案子，天上落下來的是純金的雨，而我手裡拿的不是湯匙，而是一只篩子。除了我柯白莎之外，每個人可以分一杯羹。我真想念賴唐諾這個小王八蛋，只要他在這裡，他一定能想個辦法撈他一點油水，我們也弄他一點鈔票花花。」

「他有寄一張明信片來。」卜愛茜說：「他目前在舊金山。還會在那裡三、四天。」

「你說賴唐諾在舊金山？」

「是的。」

「我要飛過去看他。」

「沒什麼用。」愛茜說：「他明信片上寫著有，你沒有辦法進營區去看他，但是他可以收到你的信。」

白莎的下頷的角度，看出她不可更改的決心。「好吧，」她說：「我就給這小蝦米寫封信。這個有腦筋，聰明的小雜種！他會知道怎麼做的。假如他還想到感激我，他會告訴我怎麼樣去做。愛茜，把你速記簿帶進來。我要給唐諾一封信，把發生的每一件事都告訴他。」

柯白莎帶路，兩個女人進入她的私人辦公室。她把自己坐進可以搖動的辦公椅，對卜愛茜說：「這封信用航空，快信，限時專送，十萬火急，信封上加註機密，私函，親自優先拆閱。」

卜愛茜用鉛筆在速記紙上劃著。

「現在來開始內容。」白莎說：「親愛的唐諾，知道你近況十分高興。謝謝你抽空寄來的明信片。我也十分想念你。白莎正一個人單獨維持偵探社的業務，如此在戰後你回來的時候可以有事情做——等一下，愛茜，我不要如此說。」

卜愛茜抬頭看她。

「這樣說就把把柄落在他手上了。」白莎道。

「你不要他回來工作了嗎？」愛茜問。

「將來的事我怎麼會知道。」白莎激動地說：「戰爭什麼時候結束誰也不知道。你重頭再開始，重新寫。這樣寫好了。親愛的唐諾：因你背棄白莎於危難之中，所以還得由你解救她離開困難──不行，這樣寫看起來我太依靠他了。愛茜，撕掉它，再重新開始。」

白莎默想了一陣子。

突然，她說：「我們這樣寫。親愛的唐諾：白莎今天下午很忙，但是她知道一個人進了軍隊會多寂寞，所以她還是浪費時間來給你寫一封長信。免得別的伙伴有家信時，你會難過──愛茜，這算是一段，你另起一行再寫。事實上除了辦公室公事外，我也沒什麼好告訴你的。而你這個整天古靈精怪的腦袋，假如沒有事給你做推理的話，可能會銹掉，所以我要把辦公室裡最近接到的一件很有趣的案子告訴你。」

白莎停下來，研究了一段時間，泛起滿意的微笑，對愛茜道：「就是如此，這樣我就可以大大方方的把案情告訴他，不致使他認為我在求他，而他也會給我建議，不信可以打賭。」

「萬一他不給你建議呢？」卜愛茜說。

「當然，我在信裡會提起，不論他有什麼建議，一定要用電報告訴我。不過我要用點心機，不能這樣直說。我會說，假如他想知道如此有興趣一個案子，會有什麼特別發展，他可以把他意見用電報告知，我就會不斷告訴他進展的新情況。」

卜愛茜看看手錶，她說：「假如這封信會很長，你又想晚航之前發出，我們就直接由你口述我來打字好了。」

「晚航發出！」白莎叫道：「假如不太貴的話，我要用電報發出。算了，我們去用你的打字機。這裡是遺囑的照相副本。我弄了三份。附在信裡寄一份給唐諾，看他有什麼意見。」

第十章　共益保險公司

身材高挑，穿著整齊，說話像大學畢業生的男人走向卜愛茜。

他手裡的手提箱是真的象皮製造，鑲以擦得雪亮的黃銅配件。靠在愛茜辦公桌上的手，保養得很好，指甲精心地修過，而且擦過白指甲油。

「柯太太在嗎？」他有禮地問道。

「還沒有來上班。」

男士看看自己手錶，好像不太習慣因為別人的倦勤而影響了自己的工作程序。

「已經九點十五分了。」他說。

「有的時候她十點或十點半才來。」卜愛茜告訴他。

「真的？」

由於卜愛茜沒有回答他這句話，男士繼續言道：「我是從共益保險公司來的。我相信柯太太曾經在報上登過一個廣告，為一件汽車事故找過證人。」

卜愛茜抬頭看他道：「我無可奉告。」

「你是說你不知道？」他現出有教養的驚奇，一面問卜愛茜。

「我是說我沒有什麼可以奉告你的。我在這裡的工作是打字。柯太太掌理這裡大小的事。我——」

大門打開。

柯白莎搖擺著進入。一面問道：「愛茜，有唐諾消息嗎？」她眼睛還沒適應過來，根本沒有看到在辦公室的男人。

「還沒有。」卜愛茜說。

高個子男人移向柯白莎：「我看你是柯太太吧？」

白莎戳出她方方的下巴。「看對頭了，好好看一下吧！」

男士紅臉道：「我不是有意——我只是一下脫口說習慣了。我是從共益保險公司來的。」

「你姓什麼？」白莎問。

「R．L．傅。」他說。把自己的名字捲捲地從舌頭上發出音來，好像相當有味道似的。一面把修得整齊的手指伸進西裝背心下口袋，摸出一只扁扁的名片匣，啪的一聲輕響名片匣自動打開。他拿出一張名片。一面關上名片匣放入口袋，一面稍稍一鞠躬，把名片遞給柯白莎。

白莎拿到名片，看了一下，一面用手摸著名片的質料和凸起在名片上的印刷字體，好像在估計對方身價似的。她問：「有何貴幹？」

傅先生說：「你在調查一件車禍案。你登報找目擊證人。當然，我們公司就注意到了。」

「為什麼？」

「看來你好像想要提出訴訟。」

「又怎麼樣，」白莎有敵意地問。其實，她反對的是對方有教養，溫和的儀態。「這有什麼不對。我想要打官司，我要打官司。」

「是的，是的，柯太太。請別誤會我的意思。我是想說，可能根本沒有打官司的必要。」

白莎頑固地拒絕讓他進她的私人辦公室。她站在那裡用貪婪，發亮的小眼看著他。

通走廊的大門打開又關上，卜愛茜有意大聲地做出咳嗽的聲音。

白莎沒有立即會意過來。

傅先生用故意希望別人對他留有印象的語音發言：「柯太太，這件事可能根本不需要法律解決的。很可能車子的保險公司，也就是我們共益保險公司，願意趁著這個好機會，做點廣告工作，拿點錢出來庭外和解的。」

卜愛茜又大聲嗽咳。當她看到柯白莎根本沒有回頭看她的意思，她說：「柯太太目前沒有空，你能過一下再來嗎？」卜愛茜說話的語調使白莎回頭望去。

那位自己前來應徵說是見到車禍，又累拒說出自己姓名的落魄男人，正站在那裡欣賞辦公室裡的這一齣戲。

白莎向傅先生說：「來，到我辦公室來。」又轉向那證人說：「恐怕今天我沒什麼可以為你效勞的。」

「我等等沒有關係。」他笑著說。舒服地自己坐了下來。

「我絕對不會和你有什麼交易的。」

「沒關係，我反正還是要等。」

「我對你絕對沒有什麼興趣。」

「可以，可以，柯太太，沒有關係。」他自矮桌上拿起一本雜誌，隨便地翻向一頁，有興趣地全神投入看將起來。

傅先生殷勤地走向白莎私人辦公室門口，把門打開，自己站向一側，有禮地一鞠躬。

白莎像艘戰艦似的航進自己辦公室。傅先生把門關上，站在靠窗的客戶座椅之前，顯然在等候白莎先就坐。

單純因為自己仍在生氣，白莎故意延宕了不必要的數秒鐘，而後把自己坐進她的辦公迴旋椅。

「柯太太，你當然會瞭解，」傅先生平靜地繼續說他來這裡的目的。「我們共益保險公司本來是沒有義務一定要管這件事的。我們不過是對當今這件事初步瞭解後，看一下能否大事化小，小事化無而已。真的要打官司就不一樣，像這種案子打到最高法院，他們還可能認為證據不足呢。再說，法庭也最鼓勵當事人能庭外和解。」

柯白莎什麼也不說。

「這樣好了。」傅先生繼續灌迷湯似地言道：「柯太太，我們要求公正。很多外行認為保險公司是沒有良心的，狡詐的。人們以為保險公司提高保險費，而賠款的時候牽絲扳藤儘量留難少付。共益保險公司只求公正。車禍發生後，假如責任在我們的投保人，我們一定給付合理的金錢妥協，甚至多花點錢，我們是不在乎的。」

傅先生把手提箱拿到大腿上來，打開箱子，拿出一個卷宗，他一面用修剪整齊的手指翻弄文件，一面在臉上做出各種不同的表情來讓白莎欣賞：把眉毛抬起以示關注，顰蹙以示驚訝，皺額以示對受傷者痛苦的同情。

白莎不耐地說：「好吧，要說什麼就快說。」

傅先生抬頭望向她。「柯太太。」他說：「假如你們給我們一張放棄訴訟權利書，由受傷的人親自有效的簽字，我們肯付一千元現鈔。」

「你對我們真是周到。」白莎揶揄地說。

「當然，」傅先生試驗性地說下去：「事實上受傷的人傷得十分輕。再說，你所代表的人在想穿越馬路的時候根本沒有太在意，甚至可能在紅燈情況下想穿越馬路。萬一要上法庭，被告方面當然要提出這些來自辯，很有可能決不定錯在那一方。不過，我們共益保險公司的政策，一本在我們投保人撞人後，先期優先和對方不用較多的錢妥協，直到對方提出告訴為止。萬一對方不接受我們好意，而一定要提出告訴，我們公司是官司打到底的，不再給對方妥協機會。我們打官司很少會輸。一上法庭就一毛不拔給原告，我們寧可多花人力財力打官司。柯太太，我看你應該考慮一下，接受我們給你一千元現鈔的建議。」

傅先生收起卷宗，把卷宗放回象皮的手提箱裡，把箱子關上，黃銅的鎖喀的一聲按進位置，提著手提箱站了起來。好像一個演員，演完一齣戲在等謝幕後的掌聲。

白莎說：「一千塊錢怎能補償這個女人的損失？」

「一千元已是很慷慨的妥協費了。」傅先生聲稱道。

他向白莎一鞠躬，打開辦公室門，開始走向外面接待室，在一腳跨出門去後，又停下，轉身，向白莎說道：「一千元不單是我們第一次的開價，也是最後一次的開價。我們共益保險公司絕對一毛錢也不會增加的。」

白莎的激憤超過了她的耐心，她大叫道：「去你的你肯付多少錢！我討厭你的裝腔作勢。」

她趁他兩腳才走進接待室，一下把辦公室門碰上，自己回來氣呼呼地坐回迴旋椅，突然，她想到外間那另一名訪客。她急急站起，一下把門打開，正好來得及見到外面偵探社的大門及時關上。

「邋遢鬼哪裡去了？」她問愛茜，一面用大拇指和頭的動作指向那懶散年輕人剛才坐在的位置加重語氣。

卜愛茜說：「那保險公司人一走出去，他就狗踮似追出去跟在後面。」

白莎想了一想情況的進展，臉色沉了下來。「這個大混蛋。」她認真地說：「這個兩頭倒，騎牆的騙子。看我有機會不修理他。我得快點先去看戴瑟芬，免得這些人先包圍她了。」

白莎抓起她的帽子，緊緊地別在她銀灰的頭髮上頭，正要開門，門自外面打開。一個穿制服的手裡拿了一個紙信封站在門外。「柯白莎電報。」他說：「收件人付款。」

「是什麼人發來的？」柯白莎問。

送報人看看便箋，他說：「一位賴唐諾，從舊金山。」

白莎攫過信封，一面指著愛茜向送報人道：「向她收款。愛茜，從零錢箱裡拿錢先付給他。」

白莎急急地回進她自己的辦公室。把漿糊還沒有乾透的信封打開。

電報內容如下：

信及遺囑影印本收到，請注意遺囑兩部份文字差異。首頁是對特定對象強烈的個人意見。次頁明顯部份抄錄於另一文件。以遺贈葛和包那一段文字看來，像是憤世之人想把全部財產處理掉的味道。

又，全部條文像是指定一個人來執行。兩頁文字使用亦有明顯不同處。建議研究遺囑有否被用去墨水液篡改或其他問題。

祝福你們，唐諾。

白莎瞪視著電報，閉住了氣咕嚕道：「他奶奶的，這個聰明的小渾蛋！」

門打開，卜愛茜問道：「有消息嗎？」

「有，」白莎怒氣地說：「給他舊金山那個地址一封信。問他既然是收件人付款的電報，為什麼還要來祝福這一套，浪費鈔票。」

第十一章　白莎著了道

柯白莎用右手食指壓下戴瑟芬公寓樓下對講機旁邊的門鈴，又立即把自己嘴巴湊向對講機準備樓上一問是什麼人，可以立即作答。過了一下，她有點洩氣，又再按了一次門鈴，臉上露出了失望的神色。

第三次按鈴，仍舊沒有回音時，柯白莎按了標明著屬於「經理」的門鈴。

沒多久，一位重量很大的女人打開大門笑向白莎，這位女士身上的肉比果凍硬不了多少，她的聲音又高又尖，她說：「正好我還有幾個套房可以出租。有一間朝南的，其他都朝東。不過視線都還可以。」

「我不是來租公寓的。」白莎說：「我是來找戴瑟芬的。」

笑容自女經理臉上溜走，現在的她好像戴了一張無表情的假面具。「她的門鈴在這裡，」她說：「你自己按好了。」

「按過了，她不在家。」

「不在家我也沒辦法。」

她轉身向回轉。

柯白莎說：「等一下，我想向你打聽一下。」

「打聽什麼？」

「我實在是急著想見到她，是十萬火急的要事。」

「我幫不上忙。」

「你能不能告訴我她會在哪裡？哪裡找得到她？或是怎樣可以傳個消息給她？她出去有沒有留地址給你？」

「什麼也沒有。她有一個年輕女人和她一起住這個公寓，叫做賈瑪雅。假如有什麼人會知道她去哪裡，就只有賈瑪雅。」

「那我怎樣能找到賈瑪雅呢？」

「她也不在家嗎？」

「不在，至少沒有人來應門鈴。」

「那就是不在。我也沒辦法，抱歉了。」

公寓大門被關上。

白莎拿出一張名片，在背後寫道：「戴小姐，有重要大事，請立即來電，有錢等你拿。」

她把名片塞入戴小姐的信箱，轉身正要走開，一輛計程車自街角轉進停在門口。

那位自稱是車禍證人，又不肯說出名字的年輕人走出計程車，背對著公寓，在看計程車前座的碼錶，忙著付錢找零。

白莎有目的地走向他。

計程駕駛看到她走過來，以為正好又來了一位顧客，自駕駛盤後面跳出來，轉過車尾替白莎把後車門打開。

白莎走到年輕人後面不到三步的時候，年輕人轉身，看到她，馬上認出她是什麼人。

柯白莎用十分自滿的語調說：「嘿！我就知道『你』想要幹什麼。什麼用處也沒有了，我先來了一步。」男人臉上露出狼狽窘相。

「去哪裡，夫人？」計程駕駛問道。

白莎把自己辦公室地址告訴那駕駛，轉臉露齒向懶散的男人一笑。

「你以為你戰勝了？」

「當然。」

「他們肯出多少錢？」

「不關你事。」白莎告訴他。

「我是因為你說你不會代表她，所以才告訴你她的地址的。」

白莎說：「我是沒有代表她，但是保險公司闖進來硬把我和她連在一起，我有什麼辦法。」進入計程車。

「對我就不公平了。」

「去你的。」白莎說：「你自己要站在當中，可以兩面倒。」

「這件案子中，我的地位是不可否認的。」

計程駕駛問白莎：「可以走了嗎？再不走我要扳等人錶了。」

「可以走了。」白莎說。

「等一下，這是我坐來的計程車。」

「不是，不是你的計程車。」白莎說。「你付完車資，車子就不再是你租的了。」

那男人問：「你見到她了，讓她把文件簽妥了嗎？」

白莎完全滿意地向他露齒而笑。

那男人突然一下竄進計程車，坐在白莎邊上說道：「好吧，我也要乘這輛車回去，我要和你談談。我們兩個人乘車好了，走吧。」

計程駕駛把車門關上，繞過車子，坐到駕駛盤後面去。

白莎說：「我可沒什麼話要和你談。」

「我想你有的。」

「不見得。」

「沒有我的話，你根本還沒有起步呢。」

「胡謅！我在報上登個廣告徵求目擊證人。你認為可以在裡面撈點油水。你一路在財迷，想弄幾文。」

「他們準備付出一千元，是嗎？」

「你怎麼知道？」

「是那個保險公司的協調員告訴我的。」

「喔，你從我辦公室跟蹤他，從他那裡套出來的。」

「我和他同一次電梯下的樓。」

「想當然爾。」

「你不能把我忘了。」

「忘了你什麼？」

「假如你玩得聰明，你們不止可以收取一千元。我打賭在十天內你們可以收到兩千五百元現鈔，容容易易。」

「一千元錢對我正合適。」白莎說道：「對我的當事人也合適，可以有點進帳，但不致於多得吞不下。」

「但是有我幫忙你們可以多拿很多，全部過程我都目睹了。」

「是什麼人的過錯？」

「這一點你詐我不出來的，她應該可以多拿一點的，她有腦震盪。」

「誰告訴你的？」

「她的室友。」

「算了，一切都已定案了，」白莎告訴他。「現在一切都不必你操心了。」

「反正我認為這件案子中一定得有我一份，分我一百元對你們損失不大吧。」

「你自己去想辦法分吧。」白莎告訴他。

「我會的，我會的。」

白莎說：「我告訴你我可以幫你什麼忙，我會照當時第一次答允你，給你的數目送你點錢。二十五元，然後你把這件事忘記，從此再也兩不見面。」

他長歎一聲，向車座背上一靠。「好吧。」他說。「這等於是公路搶劫，但是我答允你了。」

白莎走進辦公室，對卜愛茜說：「愛茜，做一張收據叫這個人簽字。二十五元買斷他提供給我的消息，今後或永遠，有關這件案子和這件案子發展出來的任何案子、事件，他再也不可以向我們聲訴任何的等等一切，你就照上一次，兩個月之前賴唐諾叫另外一個人所簽那種格式拷貝一份差不多形式的就可以了。」

卜愛茜自打字機上把打了一半的一封信取下，餵了一張空白的打字紙送機器，問道：「這位先生尊姓大名啊？」

「我怎麼會知道。」白莎說，把臉轉向那年輕人。

「你叫什麼名字？」

「孟吉瑞。」

柯白莎說：「請坐一下，我去拿二十五元給你。」

白莎回進她自己的辦公室，打開有鎖的抽屜，拿出一個現金箱，把現金箱鎖打開，自裡面拿出二十五元錢，把箱子鎖上，放回抽屜，又把抽屜鎖上。但是，她等候，注意聽著，等到聽到卜愛茜打字停下來。爾後她大步走出去，自愛茜手中拿到打好字的收據，唸了一遍，把收據推到孟吉瑞面前，說道：「好吧，你簽字吧。」

他唸了一遍上面打著的條文，說道：「我的老天，一簽字把我的靈魂也賣掉了。」

「恐怕不止如此。」白莎開玩笑地說：「否則那能值二十五元。」

他笑笑，惡意地說：「你很聰明，是嗎？」取過白莎遞過來的墨水筆。誇張地在收據上簽了個名，左手拿著文件交給白莎，右手自白莎手中接過那二十五元現鈔。

白莎順手把收據交給卜愛茜。「好好歸檔。」白莎說。

孟吉瑞說：「我要是替你工作，三個月就破產了。」

白莎說：「證人嘛，看到什麼規規矩矩說什麼。」

「我本來也是如此的。」吉瑞無奈地說：「我現在要下去買一包香菸，為這件案子花掉的，再加一包香菸，正好是二十五元。總算沒有貼本，看來有機會我們還可以做買賣。」

「也許吧，」白莎說，看著他離開。

「謝天謝天，還好他不要握手。」白莎告訴愛茜道：「現在你給我接梅好樂的住宅要葛太太蘭第聽電話，告訴她我柯白莎有事要在電話上對她講，接通了接進我辦公室來。」

白莎回進自己辦公室，在一支長的象牙菸嘴裡裝上一支香菸。當電話鈴響的時候，她拿起電話說：「哈囉，」聽到對方葛太太在說：「哈囉，柯太太。」

白莎立即散發出熱誠來：「葛太太，你好嗎？打擾你，真是抱歉。但是我有要事立即要想見戴小姐，我認為也許她會在你那邊，真是不好意思。」

「沒關係。」葛太太也熱心地回答。「半小時之前她還在這裡，一個男人電話找她。我沒聽清楚是為什麼，大概聽到是為一件汽車車禍。」

「一個男人？」白莎問道。

「是的。」

白莎兩條眉毛蹙在一起，「你沒有聽到他姓什麼吧？」

「是的，我有聽到，但是我忘了。我記得她有寫下來，等一下，依娃——是姓什麼，那個找戴瑟芬的男人，是柯太太想知道。」

葛太太又回向電話道：「柯太太，我有他姓名了，那個男人叫孟吉瑞，她現在就是去什麼地方要見他。」

白莎說聲謝謝掛斷電話，走向外辦公室，發現自己全軍覆沒了。

「怎麼了？」卜愛茜問。

「那個渾蛋，兩頭蛇，大騙子。沒想到又著了他的道。」

「他怎麼啦？」卜愛茜問。

「怎麼啦！」白莎說，兩眼充滿怒火，「他投資二毛五分計程車費，騙了我二十五元。他知道我會去哪裡，甚至可能跟在我後面，因為我看見他從計程車出來，東摸西摸付車錢，所以我以為他比我後到一步。事實上，他走在我前面很多很多。」

「我不懂。」卜愛茜說。

「事實上很有可能，這傢伙已經有了一張戴瑟芬簽字的單據，不論保險公司賠償是多少，他要抽一個可觀的百分比。這張單據至少值五百元，我假裝從戴瑟芬公寓出來，以為他會相信我見過戴瑟芬，和戴瑟芬訂好條件了。事實上這小子一開頭就知道戴瑟芬根本不在家，我真是蠢得像隻豬。真是個——大老千。」

「什麼人是老千？」愛茜問。

「當然是他，孟吉瑞，那狗養的，他騙了我。」

第十二章　遺囑真偽

噪音陳雜中盲人又聽到了柯白莎特殊的步伐聲。他沒有把頭轉過來，但是微笑掛上了他的臉。他說：「哈囉，我一直希望你能走過這裡，我有東西給你看。」

他打開一個手提袋，拿出一只木製的音樂匣，他愛惜地摸著打開匣蓋，聽到的是「蘇格蘭的藍鐘花」熟悉的樂聲。

盲人回憶地說：「有一次閒聊，我告訴過她我喜歡這一類老式的音樂匣，我有過一只音樂匣玩的是「蘇格蘭的藍鐘花」。我相信她花了不少錢。現在這種東西賣的地方不多了，完整不破損的更少了，八個音，一個也沒缺，我也摸得出木頭質料好，刻工也很好，你看美不美？」

白莎同意他的說法。「是戴瑟芬送給你的？」

「當然，一個送貨員送來給我，說是一個朋友給我的。我當然知道是哪一位朋友給我的，還沒有完呢，」他說：「她還送了我一些花。」

「送花？」

「是的。」

白莎想說什麼，又停下來。

「當然，把花送給盲人，真是特別得很。不過我也可以享受它的芬芳。我想她主要是想給我一張字條，但是單單一張字條送來不太好，所以加了一束花一起送來。音樂匣是一件值錢的禮物，她不想讓我知道她為我花錢了，所以不告訴我是誰給我的。」

「字條怎麼回事？」

「我留在這裡。」他說。自口袋中拿出一張字條。

白莎看字條上寫道：

親愛的朋友：謝謝你想到我，甚至花錢到柯太太那裡叫她找到我，送束花給你以示感激和友誼。

字條由戴瑟芬簽名。

突然，白莎做了決定。她對盲人道：「我要你為我做件事。」

「什麼？」

「請你把這張字條交給我。」

「這倒是——這是一個紀念品。當然，我看不見，但是我——」

「我會還給你。」白莎說：「一兩天就可以了，不過我要借一下。」

「好吧，只要你能送回來就可以，而且越早送回越好。萬一我不在這裡，可以開車去我住的地方，優仕路，一六七二號。」

「沒問題。」白莎保證地道：「我會送回給你的。」

白莎把字條放進皮包，來到一位她認識的筆跡專家處。

「老兄，」她說：「我來這裡不是做凱子給你騙錢的，我不要你拍很多不必要的照片，我不要你一大堆亂講的意見。我這裡有一個遺囑上證人戴瑟芬的簽字，還有一張絕對是真的戴瑟芬字條上的簽字。我認為遺囑上的簽字可能是別人偽造的，我請你鑑定一下，而且這遺囑第二頁的開頭部份語調似乎和遺囑其他部份不同，也請你看一下。」

筆跡專家拿起白莎給他遺囑的照相版仔細地觀看著。一面研究，一面把腦子中想的說出來。「嗯哼，都是打字的——來自同一架打字機，沒有錯。看這紙條上的簽字，距離大的地方很特別。著重的筆調位置，和遺囑上的簽字——都相同。假如這是假造的，就造得太好了，看起來沒問題呀——不過假如有原來遺囑來對照就更好了。」

「原件是拿不來的，」白莎說：「你只能憑這個來判斷了。」

「好吧，我有決定後會打電話給你辦公室告訴你的。我也只能給你一個大概，假如要我出庭作證，我一定要——」

「我知道，我需要知道的也不過這一點，你我知道就行了。」

「那很好。」

「能一小時內打電話給我嗎？」

「那太急了一點。」

「不管怎麼樣，先告訴我一下大致概念。」

柯白莎回她自己辦公室，一小時後電話來了。

「兩件事情裡的簽字我看是出自同一個人手筆的。」那專家告訴白莎。

柯白莎想這事的始末。

「你聽到我說的嗎？」專家問。

「有。」

「我聽不到你聲音，以為你掛斷了。」

「我正在用腦筋。」白莎說：「要是那遺囑是真的，我就沒戲可唱了。」

「那遺囑是真的。」專家說。

柯白莎把電話掛上，按鈴請卜愛茜進來。

「要聽寫封信。」白莎說道：「信是給賴唐諾的，我要把這裡發生的每件事告訴他。這件案子古靈精怪，不按常理在出牌。天上落下大把大把鈔票，只有我現在反而虧空了二十五元。」

白莎才把一封長信口述完畢，梅克理走進她的辦公室。

「哈囉，」白莎說：「進來吧。」又對卜愛茜說：「愛茜，今晚前一定要投郵，航空、限時專送、快遞。」

卜愛茜點點頭，出去，把速記本翻回去，放在打字桌上，把電動打字機打開，工作起來。

梅克理自行坐在白莎辦公室的客戶椅裡，把雙手手指指尖頂在一起，隔著辦公桌，向白莎笑著。他說：「我是來和你結帳的。」

「你的意思你認輸了？」白莎問：「還是你和他們妥協了？」

他抬起眉毛：「妥協？妥協什麼？」

「那張遺囑呀。」

他說：「我還沒決定對那遺囑要採取什麼手段。」

白莎道：「那為什麼急著結帳呢？等你決定要用什麼手段後再說好了。」

「但是，」梅克理開誠布公地說：「遺囑和你的收費一點關係也沒有呀，我聘雇你是去找那失蹤的一萬塊錢的。在搜查的時候我們找到了那張遺囑，這是個意外而已。」

「喔，原來如此。」白莎道。

「我認為，」梅克理道，一面把兩手用力互相對壓，使兩手的手指向手背側彎曲：「你們的偵探社因為我這件案子花費了半天的時間——事實上半天不到。不過我要對你們大方一點，假如你不半天半天收費，我願意給你一個人、一天的工作費。」

他向白莎笑著等候答覆。

柯白莎道：「一百元。」

「老天，柯太太，這太過份了吧。」

「為什麼？」

「我也大概知道你們同行是怎樣一個計費方式的，每一行都有合法的基本計算方法。在我心目中我想你會收費十元，而我帶了一張支票在身上，原本還想給你一個驚奇的。」

他從口袋拿出一張支票，支票抬頭柯白莎。在支票背後打字機打著道：「這張支票由開票人交給收票人，目的是付清一切收票人曾對開票人的服務。所謂服務包括開票人原始請收票人服務的項目，以及不論什麼因此而發生的枝節。付清的日期是支票上開列的日期，換言之，自人類有史以來，一直到支票開票日為止，開票人和收票人之間一切雇主和受雇關係皆已銀貨兩訖，各無關聯。」

「是請律師寫的嗎？」白莎怒氣沖天地問道。

梅克理道：「為了我自己的利益，我當然應該請教一下律師的。」

白莎現在知道自己都被套死了，她歎口氣，拿過支票。說道：「好吧，我收了。」

梅克理站起來，微微鞠躬，伸出手來。「能遇到你真是很高興，柯太太。」

白莎把肥厚、有力的手掌握了梅克理修長、多感的手一下。「算了。」她還是不很高興地說：「也許下次生意會好看一點。」

梅克理離開後，白莎晃到接待室，把支票摔在卜愛茜桌上道：「在給賴唐諾的信尾上加一個『再者』。告訴他目前在這件渾蛋案子上我們開支平衡，白莎收入二十五元，開支二十五元。沒虧本算是萬幸了，虧點時間而已，老天！」白莎把頭盡量後仰，把右手手掌放在前額上。

第十三章　遺囑中的不同語調

限時快報
發報日期：一九四二，八月二十九日
發報地址：加州，凡利荷
收報人：柯賴二氏私家偵探社
　　柯白莎太太
　加州，洛杉磯市，巨雪大廈

親愛的白莎：

我越研究，越覺得遺囑中使用著兩種完全不同的語調，是有其重要性的。另一件使我更不瞭解的是；既然保險公司早就知道車禍受傷者是什麼人，他們不向她去求妥協，反倒來向你談價錢。你又不是律師，又沒有被授權代理戴瑟芬，保險公司又不是找不到戴瑟芬，但是，為什麼他們找你？絕不是他們找不到戴瑟芬，因為投保人對保險公司一定有一句說一句的。假如投保人沒有告訴保險公司真話，應該徹查一下。投保人送受傷人回家的，不是嗎？祝

健康

賴唐諾上

第十四章 案子的重點

柯白莎站在桌子後面，一隻肥掌壓在平鋪在桌上的電報上，好像放手後電報會跑掉似的，她按鈴請卜愛茜小姐進來。

「寫封信給唐諾——親愛的唐諾：你當菜鳥太久了，吃了一腦子的饅頭了。白莎請教過全市最好的一位筆跡專家，把簽字比較過了，簽字不是偽造的，你也許也注意到，特殊的語調轉變始自次頁。次頁也是有簽字的一頁。所以，次頁如有問題，需要偽造三個簽字。」

「你懂了嗎？愛茜？」

「是的，柯太太。」

「好，現在我們給他一次別的教訓——顯然，他們訓練菜鳥，把你腦子銹住了。白莎看來，第二頁是不是偽造的，與已發生的情況，沒有什麼關聯。再說第二頁根本不可能是假的。我承認我覺得包保爾假得像張三元面額的鈔票，他也有點忌我三分。但是戴瑟芬是一點問題也沒有的。下次你出海，在弄你的水雷、魚雷、地雷之餘，你想一想，白莎的雇主是被第一頁遺囑一巴掌打在臉上的，遺囑第二頁上的任何事，和白莎都沒什麼關係。立遺囑人即使把其他的錢送給海軍去造船我也管不著。下次要是再送收件人付款的快遞，至少應該有點建議性的內容。

「白莎想念你，但是像你一樣老是搞不清案子裡的重點，白莎要說不如拆伙算了。謝謝你試過幫我忙，現在不必麻煩你了，自此後白莎自己會處理的，你打你的仗好了，祝你好運。」

白莎把桌子的電報紙捏成一團，拋進棄紙簍，看著這團廢紙好久，伸手又拿起來，放在桌上舖平，對卜愛茜說：「把這玩意兒歸檔，這是我第一次接住這小不點兒沒上壘就封殺了。而且白紙黑字的有證據，留在檔案裡不會有害處。」

過了一下，她又說：「好了，今天是星期六，我們也忙了一個禮拜了，我們打烊過個好好的週末吧。」

第十五章 篡改遺囑的可能性

限時快報

發報日期：一九四二，八月三十日

發報地址：加州，凡利何。

收報人：柯賴二氏私家偵探社

柯白莎太太

加州，洛杉磯市，巨雪大廈

白莎：

遺囑內容語調不同，只表示一份遺囑不是由同一人完成的。你的缺點在太過死心眼，假如真能確定次頁是真的，那麼其第一頁可能是偽造的。遺贈給梅克理的數目，可能被篡改過了，有兩個可能，第一是原文遺贈梅克理一元，把他踢出局外，所以是梅克理把它篡改變成一萬元。另一可能原文遺囑給梅克理的可能遠超過一萬元的數目，所以篡改的人一定是遺產剩餘下來受益的人。假如第二頁是真的，我覺得第一頁是被較工於心機，而通於文筆的人所偽造，如此，你所形容的梅克理正合乎這個條件。梅好樂的死因你有沒有調查？找到發病的在場的人，聽聽他們形容的是什麼症狀，祝你破案愉快。

賴唐諾上

第十六章　律師的法律觀

杜華德律師拿著柯白莎交給他，梅好樂先生遺囑的照相拷貝仔細看著。

「柯太太，假如我沒有弄錯你的意思，你想請問我，部份偽造遺囑的法律觀點。」

「是的。」

杜華德拿起遺囑的首頁。「我們首先假設這一頁是真的。」他說：「而第二頁，立遺囑人及證人的簽字是假的。」

「絕對不會。」白莎說。

「我知道，不過我要依次序一步一步來解釋。我告訴你，一個遺囑可以有很多種方法予以廢除。其之一中，是立遺囑人自己把它廢除。但是，柯太太，請你記住，任何其他人不合法地破壞遺囑，並不能使遺囑無效。所以，讓我們先看，假如第一頁是真的，而第二頁是假的，會有什麼後果。換言之第一頁是原文，第二頁被人抽換，簽字被偽造，會有什麼後果？」

「我看你是在大兜圈子，」白莎說：「你說的都是我告訴你的，不過加了很多不必要的字而已。」

「我只是希望你能對事情瞭解清楚一點。」律師說。

「我也希望如此才來看你。」

「在上述情況下。」杜律師接下去說：「遺囑被損壞了，但是不表示廢除了。所以，整個內容只能參照可靠的口頭證詞，當然，還要看找不找得到可靠的口頭證詞。在我們這個案子裡，假如第一頁是真的，只要我們可以證明它是真的，第一頁就必須執行。第二頁裡並沒有你客戶的事，所以只要證明第一頁是真的，第二頁是否偽造和你客戶沒有什麼關係。」

「換言之，梅克理拿到一萬元？」

「是的。」

「好，我們來言歸正傳。」白莎說：「假如第一頁是偽造的，而第二頁是真的，又如何？我的案子事實上像是這樣的。」

「假如像你所說，法律觀點是相同的。遺囑部份被損壞並不構成遺囑全份廢除。第一頁的內容希望能由別的方法證明以便執行。最多見的當然是有人說出來，我們法律名詞口頭證據。」

「假如梅克理在原先的第一頁裡，指定遺贈十萬元，他還是可以得到十萬元嗎？」

「假如他能證明，原遺囑裡確是給他十萬元。」

白莎說：「假如我們可以證明第一頁確實是被抽換的，但是又沒有辦法證明原遺囑到底說些什麼，那又如何？」

「這種情況下，我的淺見，整個遺囑不可能被認證，因為世界上沒有一個法庭可以決定把多少百分比拿出來交遺產接管人來接管。再說，誰知道第一頁裡面除了梅克理之外，還有多少特別指定的被遺囑贈人呢？」

「假如遺囑不被認證，又如何？」

「如此的話，任何這遺囑之前所立的遺囑就可以生效。除非那張遺囑，曾經被立遺囑人經合法手續已經把它廢除。大多數的這一類遺囑偽造或部份偽造案，都是容易找到證據使遺囑不被認證，但是，很少有找到證據使大家知道原本遺囑中說的是什麼內容。」

「那怎麼辦呢？」白莎問。

「在這種情況下，既然沒有可認證的遺囑，其結果就相同於梅好樂先生於無遺囑情況下死亡，只有一點除外，那就是戴瑟芬仍可得遺囑的一萬元——這是遺囑第二張唯一的一位固定數目特殊遺囑。」

「那麼梅克理可以得到全部遺產，當然，除了要給戴瑟芬一萬元，是嗎？」

「假如他是死者唯一的親屬，唯一的法定繼承人，是的。」

「那麼，葛蘭第，包依娃和包保爾連一毛錢也拿不到，是嗎？」

「拿不到。」

「即使他們能證明，那寫著把剩下來的財產都給他們的那一頁是真的，他們也拿不到嗎？」

「不是這個問題，柯太太。遺囑的第二頁規定他們三個人，每個人可以得到三分之一——分完給特定遺贈人後剩下來的全部遺產。他們得到的不是像一萬元那種指定錢數的贈與，是餘下來的財產。除非法庭能知道第一頁所有特定遺贈人總共要分去多少，否則無法知道立遺囑人所指的剩餘是多少。立遺囑人也有可能在第一頁分贈了五十萬元出去——當然也可能是一元。」

柯白莎把椅子推後，自己站起來。「這就是法律？」她問。

「其實是我的概念，或者可以說是我的法律觀。」杜華德說：「很有興趣的，真要是上法庭，官司還有得打呢。」

「好吧，」白莎說：「可能會演變成個官司的，萬一打官司，一定請你來打。」

杜大律師冷冷微笑道：「這種講法我見過很多，我有不同的想法。柯太太，我的咨詢費是二十五元，假如像你所說，這件事演變成打官司，由我來打的話，這二十五元可以自我的律師費中扣除。」

白莎歎口氣，打開皮包。「這件案子除了我之外，好像每個人都在賺錢。」

第十七章　俯臥的屍體

盲人給白莎的優仕路這一個地址，在一千六百號那一個地段是遠在都市房地產熱潮之外的。這裡房子稀疏，房子與房子之間隔也大。

朦朧夜色，戰時濱海區燈火管制，使計程駕駛停了好多次，看了幾次他隨車帶著的地圖。

「這裡該是差不多了。」他說：「後面一條巷子過去會近一點，是在中線的後面。」

「我這裡下車好了。」白莎說：「我走著找會比你開了車亂跑好得多。」

「但是，夫人，我很會找門牌的，對你也方便些。」

「車子是要跳錶的。」白莎簡短地說：「放我下來。」

駕駛把車靠邊停住。自己走出前座，繞過車尾替白莎把車門開著。

「小心下車，夫人。」

柯白莎自皮包中拿出一支小型手電筒，「我沒有問題，你等我好了。」她說。把電筒打開，她向前面走，一面看門牌，一六七二號是一個小的獨舍平房，離開路邊相當的遠。

自路邊去小屋的小道是水泥鋪面的，右手側有一條鐵的低欄杆，欄杆靠小道一側磨得發亮，那是盲人進出手杖敲在上面磨的。

白莎走上兩級木製的階梯，來到門廊，伸手按鈴。她聽到門鈴在房子的裡面相當大的聲音響著。實在說來，比想像中應該聽得到的響得多。

這時，白莎注意到，大門是用一塊橡皮做的三角形門止頂著，開在那裡的。門和門框之間，開著一條八吋到十吋的門縫。於是她瞭解，這是為什麼，門裡的門鈴聲在門外聽起來那麼響。

白莎向前一點，叫道：「哈囉，有人在家嗎？」沒有回音。

白莎踢掉那個門止，伸手自門縫向裡摸，摸到電燈開關，把開關打開。

燈沒有亮，整個房間仍是全暗的。

白莎站進門去，把紫色的手電筒燈光照向天花板。一具大吊燈吊在天花板上，很多的燈頭，但是沒有一個燈頭上是有燈泡的。

真奇怪，她想。白莎用手電筒橫掃全室，突然她知道答案了，一個盲人要電燈來做什麼。

白莎走進房間，用手電筒再次觀看全室。她又叫了一次。「這是柯太太，有人在家嗎？」

白莎感到黑暗裡有東西在動，一個不成型的陰影在天花板上出現，靜靜地溜過，消失於無影。白莎一下後跳。有東西刮過她臉的前面，沒有刮到；而後有東西停在她脖子上。

白莎伸出手臂，用力的揮向脖子，一時吃驚得叫出聲來。

突然，在她打到這東西前，這東西靈快地離開她脖子。在手電筒的暗光下形成一個不太有真實感的影子。是一隻蝙蝠，蝙蝠伸展出牠的翅膀，在手電筒的光照射下變成出奇的放大，照上遠端的牆壁，詭異，甚至有點恐怖。

「他奶奶的！」白莎衝出她的口頭禪，恨意地猛揮她的手，想打到蝙蝠，這當然不會有任何結果，但是至少蝙蝠退回到牠的黑暗裡了。

白莎至少有十秒鐘的心跳不能控制，但她在心跳回復正常後立即定下神來看這間大房間裡有些什麼。

沒有其他人在這間房間裡。她轉身，用實在看起來不夠亮的手電筒光線前導，想離開這幢房子。

現在她才看到地上有一條黑黑的條痕，橫過在地上。第一眼，她認為這是地毯的髒痕。然後，她的心又猛跳起來。這是一種液體——先是一小堆，然後是塗得污濁一片，彎彎扭扭的向前，又是一小堆，又有污濁一片，點點滴滴向前，就如此白莎發現了那具屍體。

屍體臉向下，倒臥在這間房間遠側的窗下。顯然，這個男人原先是在近門處站著，被槍打中，倒下後爬爬停停，想在隨了流血消逝的體力耗盡前爬到窗口去——終於，在窗前，倒下不支，流了一大堆血在屍體附近。白莎紫色的手電筒光線照在這一堆血上，看起來黑得像墨水。

白莎覺醒了，為什麼門是開著的，為什麼電燈泡都拿掉了。她覺到有一個凶手，躲在另外一個房間裡，希望能有機會溜掉，但是有人試著去找他，他是會拚命的。這不好玩，除了手電光外，白莎覺得這裡像奈何橋頭一樣凄凄慘慘。這支手電筒是唐諾為她在私家偵探專賣店買的，設計上就是遠處看不到的紫色濾光頭。光線又集中小範圍，根本沒有亮一點或放白光的可能，它只能使黑暗變成半黑暗，使你不要在行動時碰撞到家具，但是完全不可能透過黑暗，找尋一個躲藏著的凶手。

白莎一旦決定，行動還是確實的。她臉無表情，重重地走向大門。她的腳踢到了一根鋼絲，鋼絲又牽動什麼東西，發出一響聲音來。白莎把手電光向下照，她看到一個木製三腳架，架著一支小口徑獵槍，鋼絲綁緊在獵槍扳機上。白莎退後一步，鼻子出聲咕嚕著。突然整個房子木製的走廊響起她大步逃出屋子去的回聲，手電筒在她垂下的右手中拚命的前後揮動著。

計程駕駛已經把車燈熄掉。白莎知道他一定在附近。她一面跑，一面回頭看屋子裡有沒有人追出來。

突然，計程車燈光亮起，駕駛好奇地看著白莎。「事情都辦妥了嗎？」

白莎此時根本沒有心情應酬，她坐進後座，心裡感到了安全。她把車門關上，身子一晃，原來計程車已發動，而且已在原地迴轉了。

「不對，不對，」白莎說。

駕駛好奇地回頭看她。

「不行——我先要找到警察。」

「有什麼不對嗎？」

「房子裡有個人死了。」

駕駛好奇的眼光突然冷了下來，他在估計目前的全新狀況，他低頭看向白莎手裡閃閃發光的金屬手電筒。

白莎神經質地趕快把手電筒放回進她的皮包。「最近的公用電話。」她說：

「不要老這樣盯著我看，我又沒長角。」

駕駛加油門，換排檔，動作很快，但是白莎知道，他已經把後視鏡調整好，而且一面開車，一面疑心很重地在觀察她在後座的一舉一動。當他停在一個公用電話亭的時候，他不讓白莎一個人去打電話，她報警的時候，他就站在她身旁，而且一直站到警車開著警笛來到他們等候著的地方為止。

宓善樓警官是跟了警車來的。這件案子發生的時候，白莎只見過宓警官幾次，但是聽到他的名聲很多。宓警官對所有的私家偵探都不是友善的，他用不相信所有人的方法來執行他的警察任務。有一個他的同事，有一次告訴白莎。「這傢伙看著你，嘴裡咬著雪茄。他的眼睛看得出他在指你在說謊，但他嘴裡沒有說出來。事實上，沒有這個必要的。」

宓善樓好像並不急於調查這件刑案，他好整以暇地一定先要把白莎的故事弄清楚。

「好，有一些事我們先要弄清楚。」他說，一面咬著把嘴裡的雪茄搬到另一面的嘴角。「你到這裡來，是來看那個盲人的，是嗎？」

「是的。」

「你認識他？」

「是的。」

「他到你偵探社去，要你替他辦事？」

「沒有錯。」

「你給他辦了？」

「是的。」

「那你再來看他幹什麼？」

問題稍突然一點，白莎頓了一下。她說：「那是為了另外一件事。」

「什麼事？」

「我要找他討論事情的另一個角度。」

「他請你做的事都做完了，是嗎？」

「是的，可以這麼說。」

「這是什麼意思？還有什麼你沒做好的？」

「他要的每件事都做好了。我有一件事要他來確定，要他替我核對一下。」

「原來如此。」宓善樓大大地顯示懷疑地說：「你要請一個盲人，來替你解決你自己的困難，是嗎？」

「我來這裡，因為我要見這位盲人。」白莎恢復了一點她敵視每一個人的習慣，「我也不必告訴你為什麼我要見他。這是另外一件案子，我不能告訴你它的性質，希望你能明白。」

「當然，當然。」宓善樓說。好像因為白莎的陳述，他內心已經把白莎看成第一號嫌疑人了。「而你進來，就看到這個盲人躺在那裡死了，是嗎？」

「是的。」

「你說臉是向下的？」

「是的。」

「他是被槍打的？」

「我如此想。」

「你不知道？」

「不知道。我沒有檢查這個屍體，現場有一支獵槍，我沒有移動。我只是看到這些東西，然後退了出來。」

「他曾經中槍後在地上爬到死掉的地方，是嗎？」

「是的。」

「有多遠？」

「我不知道，十呎，十五呎吧。」

「爬過去的？」

「是的。」

「在爬的時候死的？」

「也許停下來，才死的。」

「我知道，我的意思是屍體死在爬行姿態，肚子在下面，是嗎？」

「是的。」

「臉向一側嗎？」

「不是，我想他臉是壓在地毯上的。我只看到他後腦勺子。」

「那你怎麼知道他是那個盲人呢？」

「這——當然是從他體型。再說，那盲人住在那裡。」

「你沒有把屍體翻過來看看？」

「沒有，我告訴過你，我沒有移動任何東西，我立即離開來找你。」

「好吧，」宓善樓說：「我們去看看，你有輛計程車在這裡等你，是嗎？」

「是的。」

「你最好乘我車過去，你說你沒有看到他臉，但是你知道死的是那個盲人，實在聽起來有點問題。」

宓善樓轉臉問那計程駕駛。「你叫什麼名字？」

「薛好禮。」

「你知道些什麼？」

「什麼也不知道。我帶這女人去找那個地址，她有門牌號，但是不知道在哪裡。那一段路燈都沒有開，打仗嘛，燈火管制。我有一張地圖，可以看大概的位置，那邊很暗，她的手電筒倒是合乎燈火管制規定的。我們找到那門牌號應該在的那個地方，我告訴她這裡一定是的，她要我停車，要自己走路去找。她向前走，去了——大概五分鐘吧，也許十分鐘。」

「你沒有扳等候錶收她錢？」

「沒有，我看她計較得很。我告訴她假如她要回去，我可以等候她十五分鐘不收費，之後就要板等錶收費了。我們對一定要回去的遠途乘客多半有這種優待的。」

宓善樓點點頭。「你就在車裡等？」

「是的。」

「等的時候你做什麼？」

「就只是坐在那裡等。」

「車裡有收音機嗎？」

「有的。」

「有收聽嗎？」

「有。」

「什麼節目？」

「音樂。」

「有沒有聽到槍聲？」

計程駕駛想了一下，他說：「不可能，她要我停車的地方太遠了，不會聽到的。」

白莎警覺到兩人對話方向越來越對自己不利。她說：「你們在說什麼？根本沒有槍聲。」

「你怎麼知道？」

「有槍聲我當然第一個會聽到。」

宓警官向她一瞥，眼光中沒有絲毫友誼成份。好像他是在估價一件貨品一樣。

「還知道什麼？」

「沒有了。」

「姓薛，嗯？」

「是的，先生。」

「執照拿出來看看。」

駕駛把執照拿出來給他看。宓警官抄下了車號和執照號，說道：「好了，你不必再去那邊了。你工作暫時完了，柯太太，你乘我的車過去。」

計程駕駛道：「車費一元八角五分。」

「怎麼會？」白莎帶著噴鼻息聲音說道：「到那裡去只是七角五分錢——」

「等候的錢。」

「我們說好不收我等候費的。」

「不是在那邊等你的錢。是在這裡你打電話，等警車過來，我當然要收錢。」

「嘿，」白莎生氣地道：「我不付，這種突發事件，你要收我等錶費的話——」

「給他一元八角五分。」宓善樓對柯白莎說。

「我給他才怪。」白莎大叫道。自口袋拿出了一元五角，塞進計程駕駛手中，她說：「只有一元五毛錢，要不要隨你。」

計程駕駛猶豫了一下，看看警官，拿下這一元五角。把一元五角裝進口袋，他要了一招回馬槍。他說：「警官，這女人在那房子裡相當久。她出來的時候一路在跑，不過她在房子裡的確相當的久。」

「謝了。」警官說。

白莎怒視著這個計程駕駛，幾乎想給他兩個巴掌。

「好了。」宓善樓對白莎道：「我們走吧。」

柯白莎依宓善樓的指示坐進警車的後座和宓警官坐一起。一位警察駕駛坐前面開車，另外有一位警官在前座，和一位警官在後座共擠在一輛車裡，這兩人柯白莎都不認識，宓善樓也沒有給他們介紹的意思。

開車的技術很好，當他開向海岸高地快進入目標地的時候，也依照戰時燈火管制規定，把車前大燈關掉。

「我想經過下一個平交道之後就到了。」白莎說。

警車慢下來，沿了人行道旁慢進，白莎說到了，它就停了下來。所有警察下車。白莎道：「我沒有必要再進去吧。」

「暫時不必，你在車裡等好了。」

「好，我可以等。」

白莎打開皮包，拿出她的菸匣，問道：「會很久嗎？」

「現在還不知道。」宓善樓高興地說：「等會見。」

男人們進屋子去，有一個人幾秒鐘後回來拿過一次照相機，三腳架和照明燈，過了一下，他又回來，嘴裡咕嚕道：「裡面沒有電。」

「那個人是個盲人。」白莎說：「他不要燈光。」

「但是我的照明燈要有電插座。」

「你不是可以用閃光燈嗎？」

「用是可以用。」他說：「照出來的東西不是老宓要的那一種，閃光燈控制亮光不及照明燈，不能預先看到你照出來的會是什麼情況，最壞的是有時會有光。算了，天下那能每天十全十美呢？」

十分鐘後，宓善樓走了回來。「好了，」他說：「我們來談針對這件事的問題。這個人叫什麼名字？」

「高朗尼。」

「知道他家庭背景嗎？」

「不知道，我都不太相信他有家屬。看他十分孤單的。」

「知道他住在這裡多久了？」

「不知道。」

「你好像完全不認識他，推得一乾二淨的。」

「我是對他認識不多。」

「他要叫你替他做什麼？又怎麼會專程找你呢？」

「他要我替他找一個人。」

「什麼人？」

「一個他關心的人。」

「女的？」

「是的。」

「也是盲人？」

「不是的。」

「年輕的？」

「是的。」

「找到她了嗎？」

「找到了。」

「又如何？」

「我向他報告。」

「女人是什麼人？」

白莎搖搖頭。

「是不是他親戚？」

「不是的。」

「你可以確定？」

「絕對的。」

「會不會她是他親戚，又和什麼男人搞上了，高朗尼出面想做什麼？」

「不是。」

「柯太太，我看你不太合作，是嗎？」

「去你的，」白莎說：「我發現屍體立即向你報告了，是嗎？我本可以一走了之，看你去作賴。」

宓善樓露齒笑道：「要不是還有個計程駕駛在外面，我看你保證會溜掉。只因為有他在外面，你知道溜掉沒有用，計程駕駛會記得你的樣子，你的樣子形容起來滿容易的。」

白莎怒氣地不吭聲。

「這傢伙會不會是個假貨？」

「什麼意思？」

「根本眼睛沒有瞎。」

「不會。」白莎道：「我知道的，他一點也看不見。」

「為什麼？」

「主要是為了他告訴我的一切。他告訴我人的走路，聲音的辨識，只有盲人才會發展出這種技能。再說——看看他的房子，一點照明都沒有。」

「喔，你注意到這一點了。是嗎？」

「當然。」

「你試著開過燈了，是嗎？」

「是的。」

「不熟悉的房子，就如此進去了，是不是有點過份。」

「門是開著的。」

宓善樓說：「假如你沒騙人，你倒真是祖上有德，盲人比你先回家了。」

「什麼意思？」

「有人設計了一個陷阱，第一個進屋的人會牽動一根鋼絲，引發一支四一〇獵槍。座右銘是別以為人家門開著你就可以隨便進去。」

「為什麼要用這種方法殺人？」白莎問道。

「多半是有人要安排一個不在場證明。」

白莎研究他這句話。

宓警官說：「你還是要再進去一下做一次正式的認屍工作。你認為他有幾歲了？」

「喔，五十五、六十左右。」

「我看他沒有那麼老，我看他眼睛不像有毛病。」

「他是多久之前死的？」白莎問。

宓善樓警官露出他牙齒，笑向她問：「你是多久之前在房子裡的？」

「喔，也許三十到四十分鐘之前。」

宓善樓說：「我看他死了正好差不多那麼久了。」

「你是說——」

「我是說，」宓善樓接口道：「這個人死了還不到一個小時。假如你四十分鐘之前在這裡的話，極可能他死的時候正是你進來的時候。你別說什麼，柯太太，你只要跟我進來認屍就可以了。」

白莎跟了他經過小徑來到屋子。宓警官帶來的人顯然已經做完一切工作，現在坐在遠離門廊的一只長凳上休息。要不是三個人，每人一根香菸，吸菸時菸頭上的火亮一點，不吸的時候暗一點的火頭隨了手臂動作上上下下，在這個燈火管制的地區，還真不知道有三個人坐在外面呢。

「這裡來。」宓善樓說，一面開亮一支五個電池的警用手電筒，黑暗裡馬上亮起耀眼的光明。

「不在那邊，」他看見白莎要走的方向，對白莎道：「我們搬過位置了。你來看一下。」

屍體已經移到一張桌子上，仰躺在那裡，怪怪的一點生氣也沒有。

宓善樓把強烈的手電光線照向死人的衣服，在槍彈進口引起衣服上血跡斑斑的地方停了一下，然後一下子照上他的臉。

柯白莎因為大出意外，倒抽一口氣，吞了一下口水。用不著她說話，宓警官就知道一切了。「這個不是姓高的盲人，是嗎？」他問。

「不是他。」她說。

電筒的光線一下自死人臉上照到白莎眼睛，白莎幾乎弄得什麼都看不到了。

「好吧，」宓善樓無情地問道：「這是什麼人？」

白莎愣愣的，沒有思考地說：「這是個可惡，兩面倒的騙子，名字叫孟吉瑞。他死得好——你把這混蛋燈光移開我的臉！要不然我——」

第十八章　未知的謀殺動機

宓善樓警官才只猶豫了極短的時間。他說道：「對不起，」把手電筒燈光移開，「你說他的名字是孟吉瑞？」

「是的。」

「你認識他多久啦？」

「大概一個禮拜吧。」

「喔，是的。」善樓說：「你認識姓高的盲人又多久呢？」

「六天或七天。」

「換句話說，你認識姓高的和姓孟的幾乎是同時？」

「是的。」

「今天是星期天的晚上，你給我仔細想一想，上一個星期天的時候你認識他們兩個嗎？」

「是的。」

「他們兩個人什麼關係？」

「沒有關係。」

「但是你認識姓孟的是因為姓高的給你一件工作做，是嗎？」

「是——只是間接的。」

「聽你話好像這孟吉瑞想要敲詐你們？」

「不是為這件事，而是為另外一件事。」

「另外一件什麼事？」

白莎說：「那件事和高朗尼毫無關係。尤其和這件案子搭不上邊。」

「那是為什麼呢？」

「我不準備告訴你。」

「我想你要告訴我。柯太太，是為什麼事，他要敲詐你們？」

白莎道：「為的是一件汽車車禍，是我在進行的一件案子。我想我的雇主目前並不希望這件事會公開出來。」

「你沒有把這件事公開出來呀，你只是私下告訴我而已。」

「我知道，但是你要做報告，記者會有辦法知道。」

「這是件謀殺案。柯太太。」

「我知道。但是一切我知道的消息都不會和他的被殺有關係的。」

「你怎麼能確定呢？」

「不是會引起謀殺動機的事。」

「但是，你說過他是個騙子，是個敲詐者。」

「是的。」

「憑什麼如此說他？」

「他用的方法。」

「什麼不對呢？」

「都不對。」

宓善樓道：「好，我們出去，在車上談一會。這裡的地址是高朗尼給你的嗎？」

「是的。」

「你想想看，有沒有什麼你知道的蛛絲馬跡，可以使你想到孟吉瑞也住在這裡？」

「沒有。」

「你知道孟吉瑞住哪裡嗎？」

白莎不耐地道：「當然不知道。為什麼問我這些事？那傢伙沒有駕照嗎？有信用卡嗎？有——」

「問題就在這裡。」宓警官道：「要不是有人在他死後把他口袋裡所有可作身分證明的證件都掏走了，就是，他自己在來這裡之前，先已經把身上現鈔以外的一切證件，都留在別的地方了。顯然沒有人動過他的錢。有跡象顯示，現鈔是匆匆自皮包拿出來，塞進他口袋的。這件事不會和你有關吧？」

「怎麼會呢？」

「我也不知道。」宓善樓道：「這總是一條很好的調查途徑。用一根鋼絲，做一個陷阱，讓獵槍自動開槍，凶手的目的是可以在遠處有不在場證明下殺人。但是事後有人搜死者口袋，自然不太可能是凶手本人。依時間推算，人死的時候，或是死後不久，你自己承認你在房裡。所以，我要問你，你知不知道他口袋裡有些什麼東西？」

「我不知道。」

宓善樓說：「好吧，我們回我汽車去。好了，走吧。查理，你留在這裡看住這個地方。一般慣例，不准閒雜人等進去。在指紋專家工作完畢前，任誰都不要放進去。我們會儘量不使記者知道，屍體歸我們通知運走。好了，柯太太，你跟我們走。」

在汽車中柯白莎只用是或否來回答宓警官的問話，有的時候她乾脆緊閉雙唇不吭聲。有關一切她如何認識孟吉瑞，以及為什麼她把孟吉瑞批評為騙子，敲詐者的事，一概不予置答，堅持她的憲法權利。

過不多久，宓警官只好放棄。他說：「我當然不能逼你回答，柯太太。但是大陪審團有這個權的。」

（譯者註：大陪審團與陪審團不同。大陪審團由十二至二十三人組成，審查罪案，並於獲得充份證據時提起公訴。陪審團又稱小陪審團，由十二人組成，在法庭中參與審判案件，決定被告是否有罪。）

「不行，即使大陪審團來也不行。有一部份的談話，我可以辯稱是職業機密的，我有這個權利。」

「我的看法不同。」

白莎道：「我是做生意的。我的職業是開私家偵探社。客戶來是雇我為他們工作。我和客戶之間的對白全部是機密的，沒有任何人有權可以叫我講出來。老實說，客戶如果願意公布，早就一開頭就去找警察，不找我們了。」

「好吧，」宓善樓說：「假如你真那麼愛你的事業，你也應該懂得，和警方關係處得不好的私家偵探是沒有什麼前途的。再說，和警方關係不好的私家偵探社賺不到錢，只好關門。」

「我的確已經把對你案子有用的事都告訴你了。我保留的是私人機密，完全和這件謀殺案沒有關係的。」

「我希望你有問必答，由我來決定有關係或是沒關係。」

「我知道，但是人各有志，我希望用我的方法做事。」

宓善樓把自己向車座後背一靠。「好吧，」他向駕駛道：「我們送柯太太回家。我要用電話通知總局，全面通緝令找尋那盲人來歸案。奇怪，他為什麼不在家。找到他案子至少明白了一大半。走吧。」

柯白莎一聲不吭，靜靜地讓宓警官的警車把她送到她家門口。

「再見。」他說。

「晚安。」白莎心不甘情不願地說出兩個字來，恨恨地跨出汽車，不回首地經過人行道，走進自己公寓大門。外面的警車自行開走。

幾乎立即，柯白莎又從公寓大門出來，走到拐角的藥房門口，招了一輛計程車，坐進去把車門一關，說道：「南費加洛路，山雀公寓，要快，別浪費時間。」

在山雀公寓大門口，柯白莎一巴掌壓在戴瑟芬的電鈴上，一直到聽到戴瑟芬的聲音自對講機傳下，才吐出了一口大氣。戴瑟芬的聲音說：「是什麼人？」

「是柯白莎太太。」

「我恐怕沒時間招待你，柯太太，我在整理行裝。」

「我一定要見你。」

「我有個新職位，我在整理行李趕飛機。」

「你整你的行李，我在邊上和你談談就可以了。」柯白莎說：「我只要一分鐘——」

「好，請進來。」嗡一聲大門打開。

柯白莎上樓，看到戴瑟芬手忙腳亂在處理突然要出遠門的窘態。

「哈囉，」她對白莎隨便看一眼，自己忙自己的，一面說：「這一切在午夜之前都要整理好。東西都要寄在別人家，房子要退租。看起來怎麼也來不及。還要洗澡，換衣服。但飛機十二點開，不會等的。我不是不招呼你，你知道我有多緊急。」

「我知道你忙死了。」白莎道：「我的事一分鐘就完了。」

她想找張空的椅子，戴瑟芬看到她在找什麼，神經地笑了。她說：「對不起，」馬上把靠窗一張堆著折好衣服的椅子清出來。

白莎說：「我實話直說可以節省時間。你對五百元現鈔會不會有興趣？」

「有。」

「我可以給你弄來。」

「怎麼弄法？」

「你只要簽一張放棄訴訟權的證明。」

「喔！那件事。」

「怎麼啦？」白莎問。

她大笑地說：「你來晚了。」

「你已經簽給別人了？」

「沒有。」

「什麼人比我早來呢？」

「一個目擊證人。他自己找到我要告訴我，他看到這件車禍，而且這不是我的錯。他說我可以向保險公司收取賠款。他說他想和我訂一張合同，一切訴訟費都由他負擔，打完官司，不論保險公司賠多少鈔票，他給我賠款的百分之五十，而且保證我絕對不會少於五百元。我認為他條件比你好多，你認為呢？」

柯白莎不吭聲。

「但是，」戴瑟芬繼續言道：「我不能做這種事。絕對不可以。我告訴那個人，我仔細回想過，我覺得這件車禍，我的錯不比開車的人少。可以說是一半一半——甚至我還多一點。那人說這些問題不會有人問我的。對方只想早點把案子結掉，我只要坐在那裡什麼都不做，錢就是我的。就如此簡單。」戴瑟芬把手一抬，拇指與中指弄出清脆的一下爆裂聲。

「你不願這樣做？」

「我嘲笑過那個男人，我覺得這是騙人鈔票。我不會幹的。那位撞倒我的人是一個好人——何況我的金錢損失才只有七元付醫生的錢。」

「那位開車的男人叫什麼名字，你知道嗎？」白莎問。

「不知道，我不知道。我甚至連他車號都不知道。起先我又緊張，又怕，之後——」

門鈴響起。

戴瑟芬憤怒地歎氣道：「一定又是有人來找賈瑪雅。」

「你的室友嗎？」白莎說：「我倒也很想見見她。」

「很多人在找她。」

「她哪裡去了？」

「鬼知道。我們處得很勉強。她是梅先生的朋友，梅先生建議我們同住一個公寓，大家可以節省一點開支。我倒不十分熱心，但是既然是老闆建議——

「後來我發現她是無藥可救的。我昨天留了一張便條給她，告訴她房租明天要到期了——那就是禮拜一。我也告訴她我今天要在午夜前整理好搬出去。今天下午，她打電話給我，你知道她說什麼？」

「說什麼？」白莎問。

門鈴又再次響起。

「她告訴我今天下午她來過了。已經搬出去了。她只搬過來不久，所以沒有多少東西。但是每個公寓退租的時候要付五元錢的清潔費。她根本不提她應該付的那一半。她打電話來的時候，我又沒有想起。」

戴瑟芬拿起對講電話問道：「是什麼人？」然後，又生氣地說：「不是的，我是她的室友。我不知道她去哪裡了。她下午離開了——搬走了。是的，我自己也馬上搬走。不行，我不要見你。也沒有空和你說話。我在整理東西，我沒穿衣服。我要趕午夜的飛機——你的緊急，和我沒有關係。我也不管你是什麼人。她不在這裡！我不知道她在哪裡！我已經一個晚上在應門鈴打發找她的人走路了。」

戴瑟芬把對講電話摔下鞍座，站在房間當中，看看四周那麼許多東西，無望地發著愁。

「我一直弄不清楚這個女人和梅先生之間的關係。」她說：「喔，我說關係不是指那方面的。而是我覺得那女人隨時是在窺探我的。

「兩個禮拜之前，我的日記不見了。之後又自動出現，就在一直放日記的地方，不過在一條絲巾之下，裝作我找的時候忽視了那地方！只有她，才有機會做這種事。我知道，有一類女孩子喜歡偷偷或淘氣地看別人的日記。但是為什麼她要把日記拿走呢？又是拿去什麼地方呢？」

「你問她了嗎？」白莎問。

「沒有，我覺得反正已經受害了。再說也沒有什麼可證明她拿去看了。所以我決定不講話，自己另外租了一個很小很小的公寓，搬過去。所以我要付兩個公寓的錢。

「好了。」她突然自己轉換話題。「現在只有一件事做，就是把這些東西裝起來，真難決定哪些帶身邊，哪些寄掉。」

她拿起一堆摺好的衣服，亂七八糟、不分皂白地放進皮箱、大木箱和硬紙箱去。

「要我幫忙嗎？」白莎問。

「不要，」戴瑟芬說，想想又加了一句：「謝謝你。」她的語氣好像白莎要是不打擾她或是離開這裡，對她就是大幫助了。

「那張遺囑怎麼辦？」柯白莎問：「你是個證人呀。」

「喔，有什麼事大家需要我的時候，我隨時願意來的。」她說：「他們說我可能需要跟老闆去熱帶地區。這就和週末渡假不同了。規定只能帶點隨身行李的。我又不能帶個大木箱，因為一路都是乘飛機。能旅行我倒也是——」

柯白莎不願再聽她雜亂的說話，她插嘴道：「有一件事你可以幫我一個忙。」

「什麼事？」

她說：「我想知道點梅好樂的事，他是怎麼死的？」

「死得很突然，不過事先三、四天他有點不舒服。」

「你能真正的形容一下他的症狀嗎？」

「當然，但是為什麼呢？症狀開始是他進辦公室一個小時之後。他頭痛得厲害，然後開始吐了。我建議他躺下來，躺在沙發上，看看會不會好一點。我想他睡著了一會兒；然後突然又噁心起來，把他吵醒。他一直說胃裡在燒，口乾得要命。我想立即請醫生。他說他先回家，要叫醫生到家裡去看他。所以我就打電話給紀醫生，告訴醫生梅先生病得很厲害，馬上乘計程車回家，要請他立即去他家，希望在計程車到家前先到他家。」

「你有沒有和梅先生一起乘車回去？」

「有。」

「之後又怎樣？」

「在計程車中他病得厲害。整個肚子非常痛。回進屋子去的時候必須要大家幫助他才行。」

「之後呢？」

「我幫助他離開車子。葛太太出來，也來幫忙，我們把他弄進屋子。紀醫生還沒有到，不過一兩分鐘後他趕來了——那時我們正在想把梅先生弄上床。」

「之後呢？」

「醫生陪了他半個小時，給他吃藥，給他皮下注射，梅先生就感到好多了，不過喉嚨還是乾的，胃腸燒痛還沒有消。他說他想睡一會。」

「又之後呢？」

「醫生回家後，在下午四點再來出診。他給他打針，建議在家裡請一個護士或是到醫院去住，免得晚上有什麼變化大家不安寧。他又留下不少藥品和使用方法，又說第二天一早八點鐘再來看他。」

「之後呢？」

「紀醫生離開二十分鐘後，梅先生過世了。」

「什麼人在房裡？你也在嗎？」

「沒有，葛太太在房裡陪他。我下樓去喝杯牛奶和吃點三明治。整個一天匆匆忙忙什麼也沒有吃。到那個時候，我們以為梅先生會好起來的。」

「他死了你們怎麼辦？通知紀醫生了嗎？」

「是的，紀醫生又來了。但已經沒有什麼他可以做的事了。是他找的殯儀館，也是他要我們通知梅克理。是我拍的電報。」

「之後呢？」

「一大堆善後必須要做的事情，一件件做好，我離開時已經很晚了，又必須回辦公室把保險箱鎖起來，當然，心情沉重得不得了。就這樣我撞上了那汽車。我想我沒有吃早飯，只喝了一杯黑咖啡，那一杯牛奶和三明治是整個一天我吃的東西，事實上三明治沒有吃完，葛太太在樓上一叫，我拋下沒吃完的一半三明治就跑上去了。」

「醫生說他的死因是什麼呢？」

「喔，你知道這些做醫生的。一大堆醫學專門名詞先唬了你一下。老實說，我根本不相信紀醫生知道他是什麼病。我也沒記住他說的話，我只記得一點點，好像肝臟功能不佳引起的腸胃道急性症候群，最後還說什麼地方發炎來著。」

「腎臟炎？」白莎問。

「不知道，有點像。不過他說死亡的主因是腸胃炎，我只知道這一點，其他的他可能也是說說而已，我也沒仔細去聽他，聽也已經沒有用了。」

「梅先生是在哪裡吃早餐的？」白莎說。

戴瑟芬奇怪地看向柯白莎。「怎麼啦，當然是在他家裡——我認為他一定是在家吃早餐的，否則他要請葛蘭第，還有依娃幹什麼。老實說，照我看來，」她生氣地說下去：「他付了那麼多薪水請人幫忙，他應該可以像皇帝一樣，或是在大的觀光飯店一樣被伺候得舒舒服服，用不到那樣常常還要等候開飯才有東西吃。不過，這反正不是我自己的事。現在也一切都過去了，想起來他把一切財產都留給他們就叫我生一百輩子的氣。」

「你也有一萬元呀。」白莎說。

「假如他決定不把財產留給姓梅的後代，給我一萬元也不算多。」戴瑟芬堅定地說。

「你替他工作多久了？」

「快兩年了。」

「那就是五千元額外一年。」

「沒錯，」戴瑟芬突然冷硬，澀澀地道：「等於是五千額外一年，算是很慷慨的貼補了，是嗎，柯太太？但是你不明就裡，也千萬別依你的立場看——反正還有什麼用呢？能不能請你回家，讓我來整理這些東西？」

「那個車禍目擊證人，」白莎問：「好像姓孟，是嗎？」

「是的。孟吉瑞。他看到車禍，我想他是想藉此弄兩個錢的，有點老吃老做的樣子，我實在忙了一點，我一定還要從皮箱拿掉點東西才行。」

「孟吉瑞死了。」白莎道。

她把皮箱第一層的東西小心地拿出來放在床上，她說：「至少有一件事只能忍耐，我只好穿一雙鞋子走天涯了。」

她把皮箱裡已裝好的一雙鞋子拿出來，拿在手裡走向大木箱，突然停下來，轉向白莎，她說：「對不起，你剛才說什麼？」

「孟吉瑞死了。」

戴瑟芬笑道：「恐怕你錯了，我昨天下午和他談過話，幾個小時之前他又打過電話來。我看——假如我把——」

「他是死了。」柯白莎道：「大概一個半小時之前，他被謀殺了。」

「謀殺！」

「是的。」

一隻高跟鞋自戴瑟芬的手彎掉落地上，跟下來，第二隻也掉了下來。「謀殺！一個小時之前？怎麼會？」

「我也不知道。」白莎說：「他跑去找你的朋友，那個盲人，這件事你有什麼想法？」

「是的。這一點我瞭解，我告訴孟先生，極可能我開始過馬路的時候，交通燈號已經改變了。他說，他可以找到一個證人，肯出庭作證，他先聽到撞車、煞車的聲音，然後是交通號誌改變的鈴聲。我當時沒有會意過來，現在想來當然他是在說那位盲人。他很可愛——老是很謙卑。快樂、樂觀。我送了他些小禮品。柯太太，你確定孟吉瑞是被謀殺的？」

「是的，他是在去看盲人時被殺的。」

「柯太太，你說的事你自己絕對確定的嗎？」

「千真萬確，」白莎道：「是我發現的屍體。」

「有捉到什麼人幹的嗎？」

「還沒有。」

「知道是什麼人幹的嗎？」

「不知道，警察在找那個盲人。」

「胡鬧，」戴瑟芬道：「他連一隻蒼蠅都不會去傷害，他是絕對沒關係的。」

「我也是如此想。」

「你怎麼會正好去發現屍體的？」

「我去看那個盲人。」

「你很喜歡他，是嗎？」

「是的。」

「我也喜歡他，我認為他非常值得尊敬。我很想問問他有關賈瑪雅的一些事，上個禮拜我見到她和他在聊天，現在想來是我的錯，我沒有對瑪雅先多瞭解一些，至於這個姓孟的，你認為——我知道我實在不應該說死人的閒話——但是這個姓孟的，你認為——」

白莎說：「你說對了，我不管他是活的死的，我都要說，他是個『狗屎』。」

「老天，你不走不行了，我和你聊得起勁就趕不上時間了，至於那車禍的案子，我是死了心的抱這種態度，你即使等到明天也沒有辦法改變我的心意的。」

柯白莎慢慢地，不太情願地自椅子上站起來，疲乏地走向門口。「好吧，」她說：「再見了，祝你新職位愉快。」

「謝謝你，柯太太，晚安，祝你幸運。」

「你說對了，我需要的是一卡車的幸運。」白莎有感地說著走出房間。

第十九章　有油水的路

計程車把柯白莎帶到了一位她認識的林豪傑醫生的住宅。白莎按門鈴，林醫生自己出來開門。白莎道：「醫生，我想你還認識我，我是——」

「喔！是的，柯太太，大偵探，進來，進來，柯太太。」

「我想請教一些專家的意見。」

他不懂地看看她。「有什麼不舒服？我看起來你健康得很呀。」

「喔，我沒有問題。我想問你些醫學上的問題。」

「好吧，這裡來。我在家裡也有一個房間可以應付急症病人，有的病人也只能在晚上來看病。坐下來，我能為你做什麼？」

白莎說：「真抱歉，這時候到這裡來找你，不過我的事不能等。」

「沒關係，星期天晚上我本來也睡得很晚，可以看點書，你說吧，有什麼事？」

「我想要一點毒藥方面的知識。」

「是什麼？」

「有沒有一種毒藥，混在早餐裡吃下去之後，會在一個小時左右發作，引起噁心，想吐，嘴巴乾、喉嚨燒灼，肚子極痛，又會死人的？」

「多久之後死的？」

「當天下午四點。」

「不知道有沒有。」

林大夫打開一本急救手冊。「有腿肚子肌肉的抽痛嗎？」

「拉肚子？」

「也許，但是我真的不知道。」

「一直到死都有噁心的嗎？」

「好好壞壞，是的。」

「有治療嗎？」

「皮下注射。」

「胃和腸子會痛嗎？」

「是的，他痛得厲害。」

「皮膚發灰，出冷汗？」

「沒有仔細問。」

「興奮？還是沮喪？」

「不知道。」

林醫生用手敲著桌面。他問：「私人意見，還是正式詢問，將來要出庭作證的嗎？」

「你知我知，不會向任何人提起，」白莎保證：「絕不要出庭作證。」

「砷中毒，」他說：「砒霜。」

「症狀相同？」

「幾乎是個典型病例，噁心和喉嚨的燒灼感很典型。胃腸極痛也很像，假如你想證實，可以問問有沒有拉肚和小腿肚子的肌肉抽痛，病人也會感到沮喪。再來就是看看他吐出來的東西，砷中毒吐出來的液體像是米湯。」

柯白莎站起來，猶豫一下問道：「我該付你多少錢？」

「沒有關係——只要我不被傳詢，又不必出庭作證，這是小意思。不過要叫我出庭作證，那又是另一回事。」

白莎和他握手道：「抱歉那麼晚打擾你，不過這是件急事，我又希望今天晚上知道這件事。」

「沒有關係。我沒有上床，我十二點以前不會上床。我辦公室事情八點半才完，我本來就是在輕鬆休息。柯太太，你的合夥人好嗎？他叫什麼名字來著？」

「賴唐諾。」

「是的，真是個有意思的傢伙。好像腦子快得要命，那件一氧化碳中毒案，他推理得出神入化。我認識這件案子裡好幾個醫生，有兩位在醫師界是大大有名的。」

「我知道，」白莎說。

「他好嗎？」

「他入伍當海軍了。」

「太好了，我想你會想念他。」

白莎生氣地說：「他沒來之前我混得不錯，他走了我一樣混得下去的。」

「你一個人做兩個人的事？」

「我希望他回來的時候，公司還在，他有事可做。」白莎說：「老天，真希望這小雜種能平安回來。」

「喔！他會沒有事回來的。」林醫生說：「柯太太，再見了。」

「再見。」

跨進她坐來這裡計程車後座的時候，白莎的臉上開心地在笑。

「去哪裡，夫人？」計程駕駛問。

「都會大旅社。」白莎把自己的肥軀舒服地在厚厚的車座墊子上坐定。「告訴你沒關係，我總算上了路了。」

「上了路了？」

「上了有油水的路了。」白莎勝利地笑道。

「我為你高興，」計程駕駛說：「我聽過老一輩的人總是用油水來形容鈔票，我第一次聽到油水的路。」

「是呀，我正在路上，爬上去的時候有點溜腳。但是我現在在上面。」

在都會大旅社裡，白莎直接走去內線電話問道：「你們有一位梅克理先生住在這裡？」

「是的夫人，三一九房。」

「請給我接上去。」

一會兒之後，白莎聽到梅克理半睡的聲音道：「哈囉！什麼事？」

白莎簡單地說：「我有重要事要見你，一分鐘之後到你房裡來。」

「是什麼人？對不起。」

「柯白莎。」她說，把電話掛上。

柯白莎大步經過大廳，進入電梯，一面說：「三樓。」開電梯的疑惑地看看她，好像要問她是不是本旅社的住客，但沒有問出來。白莎根本不理睬他，到了三樓，大步跨出電梯，走上走道，找到了三一九室，停下，正準備舉手敲門，梅克理把門打開。「對不起，」他說：「我已經上床，睡著了。我這樣不太能見客人。」

他穿著睡衣，絲質睡袍，沙灘拖鞋。他雙眼腫腫泡泡的，他的頭髮本來老是梳理很好，把頭上禿的部份遮蓋起來的，現在一側長長的蓋過耳朵垂到頸上。使他的頭有不平衡的感覺。

白莎道：「我不太喜歡轉彎抹角。」

「那太好了。」梅克理說。一面把白莎請進去，讓她坐在一張椅子裡，自己坐在床上，又搬了兩個枕頭放在背後，靠在床頭板上。「有什麼事這時候要找我？」

「好吧，」白莎機關槍似地開口道：「讓我們打開天窗來說明話。」

「你說吧。」

「你的堂兄到底留下了多少財產？」

「我也不太清楚，但是和你有關係嗎？」

「是的。」

「我想至少五十萬元以上，也許還要多一點。」

「你只能拿到一萬元，就掃地出門了？」

「這有什麼辦法，不過柯太太，請你原諒我，這是老消息了，不值得你半夜三更大駕光臨呀。我們兩個人都知道這個事實不少時間了。」

「我知道，這只是個開頭而已。」

「好，開頭已經開過了，有什麼請你快說。」

白莎道：「好的，遺囑是配了裝甲又保險的，我不知道他們怎麼弄的。你也不知道他們是怎麼弄的，我個人來說，你堂兄根本沒有在自己的意識下立過這樣一張遺囑。看起來，那第二頁遺囑，是被人強逼著立下來的。也許他們有他什麼把柄，恐嚇他立下的遺囑。」

「但是，這和戴小姐，還有那個包保爾的說法不符合呀。」

「這要看你從什麼角度去看這件事。」白莎說：「設計得良好的圈套是不容易脫身的，和戴瑟芬同住一個公寓房子的賈瑪雅，事實是替你堂兄監視她的。她也認識那管家，整個事件裡面有鬼，她是個很好的女孩子，但是她一定也混在裡面不知哪一個地方。至於保爾，我根本不相信他，他像議員想要你投他票一樣不可靠。」

「是的，這一點我同意，但是，柯太太，你說你要實話直說，不要轉彎抹角，而你到現在還沒有說過一句直話呀。」

白莎說道：「你的堂兄是被謀殺的。」

梅克理的臉上現出驚奇，過了相當久才回轉到現實來。「柯太太，這種話不能亂說的。」

「我知道不能隨便說，但是你堂兄是被人下的毒。在他死的那一天，有人在他早餐裡下了毒。他的一切症狀是砒霜中毒。」

「真是令人不信，你能確定嗎？」

「部份確定。」

「有證據？」

「老天！還沒有，事實是，只要我們去工作，我們可以找到證據。」

「喔！」梅克理不起勁地說：「我以為你找到證據了。」

「沒有，我只是說我十分確信他是被毒死的。目前，一切都只有環境證據。但是我相信我已經知道的足夠我向地方檢察官申請，把你堂兄屍體挖出來，看他是不是因為砒霜中毒死的。」

梅克理說：「喔！算了，柯太太。我覺得你有點杞人憂天了，你要是站在我的立場，你就會知道，沒有百分之百的把握，我不會准你去做這種事情的。」

白莎說：「我會找到證據，使你相信我的話的。我已經找到的證據已經可以讓他們來詢問葛蘭第和包保爾了。現在假如我再努力工作五天，或是一個禮拜，我可以把證據放到地方檢察官的桌子上，有條有理的都連得起來。」

「我覺得這件事有點出我意料。」梅克理道：「不知道到底柯太太你是什麼意思？」

白莎道：「假如人是他們殺的，他們一毛錢也拿不到。即使是一個人做的，其他人幫的忙，他們三個人任何一個也拿不到一毛錢。那些錢，他唯一的親戚。就坐享其成了。現在，我願意賭一下，我收你不論從遺囑中一萬元以外，多收到多少的百分之十，由我來負責一切偵探，搜證工作，使這件案子圓滿結案。」

梅克理把兩隻手的手指尖一一相對起來，互相對壓著，又把兩隻對在一起的中指指尖豎在下巴下面，皺起眉毛，在張開的手指頭上面看向白莎。

「怎麼樣？」白莎問。

「你弄出了一個很特別很特別的局面，柯太太。」

「當然，這本來是個很特別的案子，你想否則我會半夜來這裡把你從床上拖起來嗎？」

「當然，假如我堂兄是被謀殺的，我要伸張正義。」

白莎點點頭，說道：「不要忘記，在伸張正義之後還有五十萬元錢。」

「我不會忘記的，但是——」

「說吧，」白莎說：「但是什麼？」

「你說，還要工作一段時間才能真有一件案子？」

「當然，這種案子的證據哪能無中生有呢。」

「但是你已經有了些證據了。」

「有一些些。」

「你要我雇用你來挖掘其他的？」

白莎道：「不必討論聘雇的條件，你我兩個要訂一個死的合同，你自遺產中拿到的百分之多少算是我的酬勞。」

梅克理說：「今天傍晚我有一個機會和葛太太長談了一下，我覺得她實在並不是我初見面時認為她的樣子。」

「她女兒呢？」

「非常美麗，很有意思的一個女孩子。」

「原來如此，那包保爾呢？」

梅克理的前額皺起皺紋。「不太合群。」他說。「對社會既有的制度都有反對，是一個人格發育不正常的人。」

白莎道：「要我來形容他用不到那麼多話，『狗屎』兩個字就包括了一切。」

「雖然，討價還價是和他在談，不過我主要接觸的對象還是葛太太。」

「好了，好了，」白莎不耐煩地說。「我相信你把小小的私人口角已經彌補好了。但是，假如你堂兄是他們謀殺的，又另當別論了。」

「正確。」

「好了，這正是我端到你面前來的菜。」

「可惜，柯太太，這對錢財已經沒有差別了。」

「為什麼？」白莎兩隻小眼死盯著他的臉。

「情況是這樣的，今天傍晚，我和那一些人有了一個協定，這個協定，在目前的各方情況看來，還是非常合理的。我當然不便把協定裡的條款一條條告訴你，但是因為你現在告訴我特殊情況，也為了我可以信任你，你將自己選擇什麼該走的路，我要把協定裡的大概條件洩露一點給你聽。戴瑟芬拿她應得的遺贈，為了避免違反遺囑的條件，或發生傷感情的訴訟，當然也為了雙方面子的保留，和促使遺囑可以早日生效，和遺囑有關的各方互相同意，在付完該付戴瑟芬的，帳款，喪葬費用之後，不論梅好樂的遺產剩下多少，一起平分為四份。換句話說，在依照遺囑執行完畢之後，我得的一萬元也拿出來，加上所剩下的遺產，分成四份，他們給我一份，來貼補我在遺囑中只拿一萬元的缺失。這樣，大概我可以純拿十萬元現鈔。當然條文不那麼簡單，但是律師會處理得很——」

「協定你簽字了？」白莎問。

「所有人都簽字了。」

「這當然是為對付遺囑的。」白莎道：「假如我能證明他們謀殺了他——」

「不對，你不瞭解。協定包括一條：任何一方，不能採取任何直接或間接的行動來傷害另一方，使他們減少協定中規定的利益。聘請你工作，恐怕就違反了這個協定——至少違反了這個協定的精神。老實說，柯太太，我根本不相信葛太太或是她女兒依娃，會是你所說做這種事的人，當然，包保爾，在不令其他兩人知道下，可能動點手腳想在遺囑裡有個名字。當然，在其他兩個人看來，這也沒什麼大事。柯太太，我承認人都是貪婪的，都是為自己設想的，有時他們用些詭計和手段，但是，要我相信葛太太或是她的女兒依娃會謀殺我的堂兄——不會的，柯太太。完完全全的不可能。」

「也可能是保爾下了毒，事後她們才知道。」

「不行，你不瞭解，柯太太。假如權威方面主動要調查，情況當然不同。但是任何一方發動了使另一方不便的行動，或是發動了可使協定中分配方法有所更改的行為，都是違反協定的。不行，柯太太，我不願冒這種險來做這種事。事實說，柯太太，我認為我已經訂好了一個非常有利的協定了。」

「我想也是的。」柯白莎無奈地說：「一群凶手賄賂了一個人，使他對自己親戚的死亡都不願意調查——」

梅克理抬起他的手，手掌向前，好像一個交通警察在阻止一串正面前來的汽車一樣。「等一下，柯太太，不要緊張。」他說：「我談到的只是不能出錢聘請你，至於權威方面，他們主動做任何工作，都不算我這方面的違約，他們也怪不到我頭上來，但是付你錢，或不付現鈔，說好將來分你一個百分比，請你來調查或挖出這件案子的證據來，就會影響我十萬元的收入。不行，柯太太，我絕不考慮做這種事。我知道我的律師會拒絕你這個建議，他甚至連我要和任何人討論這件事都要禁止的。」

「這是個詭計。」白莎道：「他們恐嚇他做了這張遺囑，然後把他毒死。再和你妥協，如此不會有人挖他們底，你竟看不出來。」

「但是我既不認為他們會殺人，也不認為他們會恐嚇他，老實說，我相信遺囑是我堂兄自己寫的。有他典型的老調在裡面，我恨他們，但是我現在知道了，我的堂兄從一開頭就決定不會比一萬元多給我一毛錢。這個協定對我而言是個意外收獲。」

「是他們來找你的，還是你去找他們的？」

「他們來找我的。」

「當然，搶一個人，殺一個人，又找他的繼承人給他十萬元，這樣不會有調查，真是挺詭的。」

「沒有人阻止你向有關方面報案呀。柯太太！」

「去你的，」白莎生氣道：「有關方面連第一壘也上不去。——再說，這樣的話對我又有什麼油水呢？」

「不過，柯太太，假如這件事你是有證據的話，有關——」

「我有的證據是我的。」白莎自椅中站起來。「我是靠出賣消息賺鈔票的。」

「假如你認為你有什麼警方需要的消息，交給警方處理是你的責任，假如這一類消息——」

白莎道：「換句話說，你決定一毛不拔。你要自己穩坐在那裡，由一個匿名的人給警方一個密告，警方展開調查，而你坐收漁翁之利。我相信我要是去向警方說明，你還會說一聲謝謝了。」

「這是做事的正確方向。」梅克理說：「做一個好公民，假如你知道一件罪案，甚至有一點點知道一件罪──」

白莎走向門口道：「我會出去讓你穿上衣服，為你方便告訴你，拐角處有個藥房，裡面有公用電話。」

「我不懂你在說什麼？」梅克理說。

「去你的不懂，」白莎生氣地說：「我離開十分鐘後，警方會收到一個匿名電話，說是梅好樂是被毒死的，建議他們再看一下死亡證明書，和醫生談一談，然後再做一次屍體檢查來確定一下，然後你可以把電話掛上，回這裡來，微笑地睡得像個小孩。這樣只要花你五分錢，沒別的開支。」

「但是，親愛的柯太太，你不瞭解──」

白莎把門打開，快步跨出去，把門重重碰上，把他的話關在門裡面。

帶白莎來旅社的計程車仍在旅社外面等候白莎出來。

計程駕駛用右手碰碰帽子。「夫人，好。」他說：「有油水的車子在等你吩咐去有油水的路。」

「油水！」白莎咕嚕道。世故的駕駛立即把微笑自臉上收起。

白莎說：「油水個大頭鬼！油水個魂靈頭！」

第二十章　矛盾點

夜間電報
發報日期：一九四二，八月三十一日
發報地址：加州，凡利荷。
收報人　柯賴二氏私家偵探社
　　柯白莎太太
　加州，洛杉磯市，巨雪大廈

本案主要疑點在共益保險公司主動找「你」來妥協。這表示他們不知道受傷者的姓名、地址。依據盲眼證人證詞，戴瑟芬非但曾告訴肇事車駕駛她的姓名和地址，而且同意該駕車者送她回家。這一點矛盾得出奇，有一個可能是駕車者飲酒過度，但仍能維持口齒伶俐，而在戴瑟芬上車後原形畢露，戴瑟芬必須半路叫停自行回家。請調查這一矛盾的原因。建議用「唬功」對付保險公司，就指那駕車者酗酒過度，酒後駕車，看有什麼結果。不知什麼原因，我看戴瑟芬沒有向你說實話。

賴唐諾

第廿一章　聰明的小混蛋

柯白莎生氣地對卜愛茜說：「拍個電報給唐諾——來電無稽、無聊透頂。戴瑟芬云男士為標準紳士，送她回家，十分關心。我亦可在家憑空想出很多與事實矛盾疑點，何必付收件人付款之電報費聽你斜白眼推理。建議投全力於戰勝偷襲珍珠港之敵人。對本案不必再勞大駕。有關本案的人都已私下有協定。本社被打入冷宮。」

白莎猶豫了一下，對愛茜道：「從頭唸一遍給我聽聽。」

愛茜依速寫下來的唸一遍。

「打好字，讓我簽字。」白莎道：「然後叫派人來拿——」

通走道的門打開，白莎說了一半的話停了下來。那個從保險公司來的高個子，裝腔作勢的男人，站在門口，向白莎深深一鞠躬，說道：「柯太太，您早。」

「又是你，」白莎道。

「柯太太，有一件不幸的事發生了，我能立即和你談一談嗎？」

「進來吧。」白莎道。

「電報要先送出去嗎？」愛茜問白莎。

「是的，打字打出來，不過送出去之前我還要看一下，可以先請電報局派人來取報。」

柯白莎帶路來到她私人辦公室。保險公司來的傅先生把自己舒服地坐在客戶椅子裡，拿起他的手提箱，放在大腿上，把兩隻手臂放在手提箱上，把手提箱當做一個扶手。「發生了一件非常不幸的大事，柯太太。」他說。

柯白莎什麼也不說。

過了一下，他繼續道：「你會不會正好也認識一個叫孟吉瑞的人？」

「他和這件事有什麼關係？」

「他保證我們可以達成一個完全的庭外和解。數目是我們的預估——一千元。他要我們同意，我們不干涉這一千元分配的方式。換言之，他可以在裡面弄一點。這一點我們已同意，因為我們要的只是法律上說得過去的和解。受傷的人只要一簽字，怎樣花她的一千元，和我們沒關係，她要請人來代領，也是可以的。

「孟先生似乎很有信心可以請受害的小姐簽名和解。事實上好像孟先生對受害人很熟悉。我相信他和她的室友更熟悉，好像他快要和她室友結婚了。」

「這些都是孟吉瑞告訴你的嗎？」柯白莎問。

傅先生點點頭。

「告訴你她們的名字了嗎？」

「沒有，對那年輕女士他只說是受害者。對另外一個女人他稱做室友。不過，他說車禍的事是絕對正確無誤的。」

「而你相信他了？」

傅先生把眉毛抬起來。

柯白莎道：「你太年輕了。也許你才自哈佛或其他有名的法學院出來，就有了自大狂了。你以為你什麼都懂。老天，你還嫩得很呢。」

「你怎麼可以這樣——」

「去你的！」

傅先生的態度是奇奇怪怪的。他想保持「客戶至上」的信條，所以他完全是不設防，不反攻的。他文靜地說：「我完全相信孟先生所說的是有他依據的。但是，非常不幸的，今天早上我看報紙知道孟先生昨天晚上被謀殺了。當然，這件事的遺憾屬於整個社會和——」

「和死人的親屬，」白莎指出道：「至於對你們來說，本來沒有什麼大區別。老實說，我根本不相信姓孟的能幫你們什麼鬼忙，只是牽了你鼻子走來走去而已。你自己也清楚地瞭解，想解決這樣一件事，一千元錢怎麼會夠？」

「為什麼不夠？」

柯白莎大笑道：「一個人醉到前面有什麼也看不見了，撞倒一個漂亮小姐，撞出腦震盪來，你想用一千塊錢解決？」

白莎用揶揄的語調來結尾。

傅先生說：「柯太太，我們既不承認也不讓步。但是我們絕對反對你所形容當時我們的投保人是在酒醉狀態的。」

白莎諷刺地笑道：「你們所保險的人當時是快醉死了的。他連自己所撞的女人的姓名和地址都忘記了。」

「我認為這樣說是不公平的。」傅先生慢慢，一個一個字經過考慮地說出來。

「那個女人受驚過度，她當時的行為是不作數的。」

「你們的人連送她去了哪一個地址都記不起來了。」白莎說。

「抱歉，柯太太。那個女人歇斯底里得厲害，她拒絕他一直送到她家門口，而且又不肯告訴他她的地址。硬是要半途下車。」

私人辦公室門被推開，卜愛茜帶了那電報原稿進來，「柯太太，請你再檢查一遍，」她說：「接報生現在在門外等。」

柯白莎拿過原稿，把它塞在辦公室桌桌墊下面。「給那個接報生一毛小帳。」白莎道：「我暫時又不想發這封電報了。」

「一毛錢？」愛茜問。

「好吧，」白莎厭煩地說：「給他一毛五分好了。我現在在忙，別再打擾我。電報過後再送。」

門一關上，她就轉身向傅先生：「你和我兜圈子有什麼好處呢？你的人是喝醉了酒。是醉後駕車。非但他撞了一個漂亮女孩，而且因為在送她回家的時候，他醉到無法控制車向，所以那女孩自動要求下車。我說你要是能在兩萬元錢以下辦得成和解，就算你是便宜的了。」

「兩萬元！」

「正是。」

「柯太太，你瘋啦？」

「我倒沒有瘋，是你瘋了。我知道陪審團會怎麼想。顯然你不知道。」

傅先生說：「當然，有的陪審員比較感情豐富。但是。他們的行為總是要受上訴法庭的規則控制的。」

「陪審團說不定會同意你們賠五萬元的。我不知道。連你也沒有把握他們不會。」

傅先生笑了。「柯太太，別這樣。你的客戶沒有傷得那麼重呀！」

「沒有？」白莎把問話語尾提得特別高。「你認為她沒有？」

她看到傅先生有點擔憂了。「我們認為，在這種情況下，我們的特約醫師應該有權先檢查一下受傷的人。」他說。

「在合適的時候，會給他機會的。」白莎說。

「你什麼意思？」

「你們可以申請一張法院命令。」

「但是我們為客戶方便，儘量不要打官司，進法院。」

「我的意思是，我們把你們拖進法院之後，你們可以申請一張法院命令來檢查病人。」

「你真一定要拖我們打官司嗎？」

「你不會真的天真到你們的投保人做了這樣一件醜事之後，我們的人讓他送一張卡，送一盒糖，就了事了吧？」

「柯太太，你會不會太不通人情了呢？」

「不會。」

「這樣好了。假如你幫我們解決這件事，我想你一定會有一點實質上的利益。你的客戶事實上傷得不太重。由於某種理由，我們根本不想和你們法庭相見。假如我們出三千元，怎麼樣，一刀兩斷？你和你客戶隨便怎麼分法。必要時我們也可以和你合作，不告訴你客戶那麼多。」

白莎把頭向椅後一靠，大笑著。

「這樣好了。」傅先生把整個身子俯向前方。「五千。」

白莎怕被他看到自己的眼睛，她說：「你真的不知道自己有多荒唐。」

「但是，五千元呀！柯太太，不少錢了呀。」

「你認為夠了吧？」

「你想多少？」

白莎看著他說：「越多越好。」

「我這方面已經開過價了。」傅先生自椅上站起。「這是個極限。我的本意今天是出三千。你們一上訴我就出五千。這其實也是公司給我的極限。我自作主張為了免得紛爭先提給你五千。」

「你真是好人。」白莎說。

「你有我的名片。」傅先生一本正經地說：「你願意接受的時候可以打電話給我。」

「不必老等在電話邊上希望它會響。」

「還有一件事。」傅先生宣稱：「剛才討論的是和解的開價。不能拿來做任何打官司的證據的。這不是承認有罪，而且只在有限時間有效。我們隨時可以不再提供這種優待的。」

白莎毫不在乎地道。「你現在收回去好了，和我沒什麼關係。」

傅先生假裝沒有聽到她說話，保持很有身分地離開她的辦公室。

柯白莎強制自己等候到傅先生應該已經乘電梯下樓了的時間。她匆匆來到外面的辦公室。「愛茜，錄一個給唐諾的電報。」

「另外換一個？」愛茜問。

「是的。」

卜愛茜拿起鉛筆和速記本。

白莎開始述說電文：

「唐諾親愛的：承你好意把意見告訴白莎。非常感激。親愛的請告訴我，為什麼戴瑟芬要對我說謊？為什麼她寧願放棄如此一個不勞而獲那麼多錢的機會，而不肯告訴我車禍那天發生的實況？以收件人付款方式拍電報給白莎。愛你，祝好運。」

「全文都在這裡了？」愛茜澀澀地問。

「是的。」

「另外一封電報，壓在你桌子上的那封，還要不要送出去？」

「老天，不行。」白莎說：「你去拿出來，撕掉，丟進廢紙簍去。甚至連你速記的原稿也給我撕掉。我叫你聽寫的時候一定太生氣了。唐諾這小子當然是個聰明的小混蛋。」

卜愛茜神秘地微笑著。「還有什麼吩咐嗎，柯太太？」

「沒有了！」白莎宣布道。

第廿二章 室友

限時專送電報
發報日期：一九四二，八月三十一日
發報地址：加州、凡利荷。
收報人：柯賴二氏私家偵探社
柯白莎太太
加州，洛杉磯市，巨雪大廈

建議問那位室友。

賴唐諾

第廿三章　中獎

山雀公寓的女經理把門打開，一面說道：「午安，我們這裡有一些特別好的單身公寓空著。其中有一間有——」她認出來人是柯白莎，自動停了下來。

白莎道：「不要急，我可能會讓你賺點鈔票。」

經理猶豫一下，想了一想道：「怎麼賺法？」

白莎道：「我是在找一個人，假如你能幫我找到她，我的雇主會給你一點補償——用金錢。」

「哪一個人？」

「和戴瑟芬住一起的那年輕女人。」

「喔！你說賈瑪雅。」

「是的。」

「找她幹什麼？」

柯白莎打開皮包，自裡面拿出一張卡片，交給她道：「她是一次汽車車禍的證人。我是一個偵探社的老闆。」

「多少錢？」

「十元錢。」

「什麼時候付？」

「我找到她就付。」

「錢不多，壓寶時間很長。」

白莎用她自認最親切的笑臉向她。「你不必費什麼神的。只要把你知道的都告訴我就行。」

「好吧，進來。」

經理帶路來到一個一樓的公寓，指一個椅子請白莎坐下，打開一只抽屜拿出一些整理好的資料卡片，找出一張來，上面有姓名和數字。

「她搬進來的時間，」她說：「正好是一個月之前。女傭人告訴我，在戴瑟芬的名牌邊上多出了另外一位小姐的名字。第二天晚上。我就去問戴瑟芬。她說她的老闆的一個朋友要搬來和她一起住。我告訴她這裡的租金是依一個公寓一個人住訂定的。她很生氣，要問我兩個人住和一個人住有什麼差別。她說她付了租金，公寓是她的，兩個人住一個單身公寓只對她們自己不方便，但是對公寓本身是無害的。

「事實上，」經理道：「我也覺得她說得沒有錯，但是我沒有決定權，公寓是銀行的，我只是執行管理的人，規矩是他們定的。出租房子的契約裡沒有談到這一點。唯一可行的是在下一次交房租的時候要房客們多交五元錢，但是規定要用書面在三十天之前正式通知她們。我們有一些印好的通知信，只要填上公寓號碼，要收的租金，日期，簽字就可以。我填好了一張這種通知信，我交給她，通知她，她的房租要漲五元錢。她當然生氣，但這也是沒辦法之事。」

「她那個時候有沒有說要搬走？」

「那時候沒有。」

「戴小姐住這裡多久了？」

「昨天到期，正五個月。」

「你見過這位賈瑪雅嗎？」

「是的，見過兩次。第一次是在那次談話後，她立即來看我，看我能不能不要加她們的房租。我告訴她這是銀行的規定，我也沒有辦法不加的。房子不是我的。」

「第二次呢？」

「昨天晚上，她進來把鑰匙交回我。她說戴瑟芬找到了一個新工作，要跟一個男人時常出門旅行，不再住這裡了，所以她們兩個要退租。我們租約上有一個規定，遷出的住客要付點錢作為清理的費用。她們那個公寓是五元錢。我問賈瑪雅這個錢什麼人付。賈瑪雅說她不會付這個錢的半數，她不會為了在一個地方才四個禮拜而支付兩元五角清理費的，原先住裡面的人應該負擔全部五元錢。後來兩個女孩子談了一下，我認為她們自己妥協了。賈瑪雅付了一元，戴瑟芬付了四元。我知道兩個人為這件事不太高興，不過最後還是賈瑪雅把所有鑰匙都交還我，還給我一個信封，裡面裝了五元錢。我告訴賈瑪雅，假如她一個人想住在這公寓裡，原來的房租就夠了，不必加租金五元的。賈小姐是個好人，正是我們歡迎那一種的房客。」

「她留下了？」

經理大笑道：「她沒有。她說她對我私人沒有什麼反對，但是她要我轉告銀行，全世界的公寓都滿了。她寧可住街上，也不住這個公寓。好像她下午就把東西整好搬出去了。她曾回來和戴小姐討論些事情，又把清理費的問題獲得一個妥協。賈小姐好像很生氣。我想兩位小姐互相說了些不中聽的話。」

「她有留下搬去的地址嗎？」白莎問。

「你不是說有給我的十塊錢嗎？」

「是的。」

「地址和鈔票，一手交錢，一手交貨？」

「不是，我找到她才有錢。」

「我怎麼知道你找到她沒有？」

「你不知道。」白莎說。

「好吧，是大馬路的楓林公寓。賈小姐是個好人，好幾次告訴我這條規定是不合理的，不過她私人和我沒有不舒服。戴瑟芬可不同，她是真的在恨我。她生氣走的，看都不來看我一下。我問賈瑪雅，她不得不承認。那也沒什麼。我不在乎。總有一天她要想另外租一個公寓住的，到時候那公寓會打電話來問她是怎樣一個房客，看我怎樣告訴他們。」

「她有什麼不好嗎？」白莎問。

「對規定吹毛求疵就已經足夠了。當然，要我說的話還有其他的事——倒不是我要說別人小話，但是——」

「什麼呢？」白莎問。

經理說：「她替一個比她老得多的男人工作，是嗎？走路有一點跛，用一根手杖的男人？」

「是的，沒有錯。」

「嘿，我就知道。」

「怎麼啦？什麼不對？」

「喔！我不能說有什麼不對。他來這裡找過她兩、三次，嗯——我什麼話也沒有說，但是我一直對她那麼好，她實在沒有理由因為我要漲她房租，她就那樣不懂事。無論如何，這不是我們要討論的題目。你去你的楓林公寓，你就會見到賈瑪雅——不過不要漏出來地址是我給你的，因為她告訴過我，有一個年輕男人追她追得很緊，而她對他沒什麼意思。我也答允她要保密的。她只要我轉信給她，絕不要我把地址告訴別人的。」

柯白莎道：「我一找到她就會請我的客戶給你一張支票的。」

「她一定在那裡的，倒不如叫你客戶現在開支票好了。」

「我的客戶不會這樣做的，他要有結果才付錢，我找到她，支票一定來的。」

「好吧，這個我懂，我自己也是為銀行工作的。記住，你會在那個地址找到她的，但千萬別說是我告訴你的。」

「這個我也懂。」

柯白莎，眼睛閃著在狩獵時的光彩，搭了輛計程車，來到大馬路的楓林公寓。

管理公寓的女人有一張帶稜角的臉，頭髮的顏色倒是糖蜜太妃色，只是在製成之前稍稍煮得焦了一點，她疑心地看向白莎。「賈瑪雅？」她從來也沒聽到過這個名字。那公寓也沒有一個這個名字的房客。她什麼也不知道。假如柯白莎要留一封信給萬一想搬進來的賈瑪雅，經理說賈瑪雅就一定會收到這封信。公寓尚有幾戶空位，但是也沒有什麼賈瑪雅來問過，預定過。

白莎想這個女人是在說謊，但是目前除了假裝完全相信，退出來另定他計之外沒有別的方法可想。

下午的報紙出現了頭條新聞：「警方緊急在找尋盲丐」。

白莎找了一家印刷廠，用快乾油墨印了一批信紙信封。信紙信封的抬頭是『夜銀抽獎公司』，地址是洛杉磯市，巨雪大廈。

柯白莎把信紙信封帶回辦公室，拜託門房注意信件，自己回到辦公室，請愛茜打一封信：

親愛的賈小姐：

為了使洛杉磯夜間銀行工作活潑起來，現在本公司已經洽妥全市的電影院聯盟，在他們很大的一個基金裡，定期提出一個小的百分比，使我們每六十天可以開一次獎。當然，我們對得獎的對象必須特別小心校對。所以，假如你能證明你是任何一家夜間收款，取款銀行的存戶，或是有本市任何一家電影院的電話定座證。請你把銀行及戶號，或是電影院名稱及定座證證號，加上你的社會保險證號立即寄下。將立即寄奉已經抽出該由你得，你會很有興趣的獎金。

這項活動主因是夜銀和電影院的感謝客戶，所有支出也多列在酬謝項目，所以無論任何人得到任何獎金獎品，其名字永遠是保密的，得主也沒有任何附帶要履行的條件。基金是付稅後的存款，所以得主也沒有稅金的問題。

你忠心的
夜銀抽獎公司
經理人

「你可以在經理人底上簽個字，愛茜。」柯白莎說：「我已經和門房說好了，任何這家公司信件叫他們送到這裡來。」

「會不會構成利用郵件欺詐？」卜愛茜問。

「不會，只要她來信，我們就給她二十五元，說是獎金。」

「你想她會上當？」

「我想她會的。她見到這封信會以為自己中了千元以上的獎金，怎麼會想到有人要騙她出面呢？我要是沒有弄錯的話，賈瑪雅自己有什麼大事把自己藏得好好的。她不會主動去問郵政當局這個是不是一個騙局，也不會去問別的朋友。等我找到她，修理她之後，她會乖乖的像個好女孩子一樣。」

卜愛茜把信件自打字機中抽出來，拿起一支鋼筆，一面簽字，一面告訴白莎道：「要是出任何事，你要承認是你叫我簽的字。」

「我叫你簽的字。」白莎懶懶地承認道。

第廿四章 專門設的陷阱

宓善樓警官舒服地坐在柯白莎辦公室裡。用挑剔的眼神注意著白莎。白莎有點心虛，不敢對他直視。

「那個眼睛看不見的高朗尼，」警官問：「你知道他在哪裡嗎？」

「不知道，當然不知道。」

「是你的客戶？」

「過去是，我告訴你過，我替他做了件小案子。」

「滿意？」

「希望如此。」

「也許他有其他的事想做，是不是會回來找你呢？」

「我希望他會。」

「和一個盲人打交道真是困難萬分。」宓善樓說：「你要他怎麼樣，不見得能辦得到。」

「你什麼意思？」

「你看，對一個正常明眼人，全市的報紙亮著頭條新聞警察在找他，假如他仍不肯出面，我們想他一定是有什麼牽連，對一個盲人就不同了，他看不到新聞。要知道，可能有機會高朗尼完全不知道出了什麼大事，更不知道警察在找他。」

「可能正是如此。」白莎說得稍稍快了一點，她想到這一點，話已經溜出了口。

宓警官繼續說他的，不讓白莎有改變語氣的機會。「我說可能有機會——大概是二十分之一的機會。」

「你說只有二十分之一機會他會知道你們在找他？」

「不是，只有二十分之一機會他會不知道我們在找他。」

「我不懂。」白莎說。

「好，我們這樣來看，我們已經把市區內人行道上的乞丐統統清掉了。以前的時候，我們老在街上見到這種人——拿個洋鐵罐頭或是一把吉他。真是一大堆，我們統統把他們趕跑了，除了半打左右的人，他們過去替警方做些線民的工作，或是曾有點政治牽連的。這些人有允許的個別特定工作地點，他們死了，也不會再有別人可以接管這地區來工作。我們正在使這個城市見不到乞丐，至少我們在努力著。」

「又怎麼樣？」白莎問。

「你知道這些盲人怎麼樣去工作的嗎？」

「我不知道。」白莎道：「我從來沒有想到過去瞭解一下。」

「他們有一個漂亮的小俱樂部。」宓警官說：「是一個合作社性質的，他們共同出錢買一輛汽車，雇一個駕駛。駕駛在早上依一定的路線接他們，帶他們上街，把他們放在固定的位置，晚上又去接他們，他們一起到駕駛家裡，駕駛的太太給他們準備好一頓熱的美食，他們邊吃邊談，然後駕駛一個個送他們回去。」

「是的。」白莎想了一下說：「我現在知道了，其實假如我停下來想，也應該想得出只有這樣才合理，他又不能開車，從他住的地方到上班的地方那麼遠，不像是可以轉街車來回的。自己有車，有駕駛及管家當然不可能。警官，到底什麼人給他整理房子呢？」

「駕駛的太太，她輪流去各人的房子，每週一次做清潔工作。其餘的這些傢伙自行處理，你真不會相信，這些人雖然瞎了眼，但是能做多少工作。」

「駕駛是什麼人？」白莎問。

「一個姓丁，丁約翰。他和他太太信用很好，很有愛心的，什麼都實話實說。」

「說了些什麼？」

「這些老兄禮拜天不工作，每個星期天，他們下午三點在姓丁的家中聚會，他們聽音樂，坐著聊天，互相交換意見，姓丁的在七點鐘開出晚餐來，飯後送他們回家。

「上個星期天中午，丁約翰接到高朗尼打來的電話。他好像很緊張，很困擾，說話特別快，他說他一整天不在家，不能參加他們的小聚會，叫他不要去接他。

「丁約翰為了要接另外一個盲人，必須經過他的房子正前面，所以他停車在門口看看。那時是三點差十分。屋裡沒有人，高朗尼把大門打開幾英吋，為的是讓他養馴了的蝙蝠飛進飛出。」

「他有進去看一下嗎？」白莎問。

「他說他只是向門內偷窺了一下，他說有些事怪怪的，高朗尼養馴了的寵物——那隻蝙蝠在房裡飛來飛去。這是不尋常的，蝙蝠是晚上才飛的，除非受到騷擾，白天是不會飛的，這隻蝙蝠為什麼下午三點鐘要飛呢？」

「牠一定是受到騷擾了。」白莎說。

「正是如此。」宓善樓同意說：「但是什麼事騷擾了牠呢？」

「我怎麼知道，是什麼事呢？」

「一定是那個裝設獵槍陷阱的人騷擾了牠。這樣的話，又牽出了另一件有意思的事。」

「什麼？」

「我認為陷阱是由一個盲人所設的。」

「為什麼有這種想法？」

「是為了這陷阱的架設方法。第一，根本沒有考慮到掩飾。那三角架和獵槍架好像大得猶如一隻大象，任何人進去第一眼就看到了。第二，說到那支槍，架那支槍的人，並沒有像看得見的人那樣瞄準一下。他沿了槍管拉一條線，把線拉直，看開火的時候子彈會射向哪裡。當然這也是方法之一，不過是麻煩一點的方法，有眼睛的人不太用的。

「一般來說，當一個人被謀殺後，我們清查他的關係，看看他常和哪些人在一起。當謀殺的動機不是搶劫時，百分之九十的案子是認識他的人幹的。高先生的朋友，百分之九十是盲人。

「現在你看，這些盲人朋友大概三點四十五分在丁家集合，歡度他們每週一次的餐會，直到九點鐘。所以，假如這個陷阱是這些盲人中一個人設置的，他一定在參加餐會之前要做好，這就是蝙蝠會飛出來的原因。」

「窗簾是垂著的嗎？」

「是的，這也是盲人特徵之一，他們希望窗簾是閉著的。」

「為什麼？」

「我怎麼知道，丁約翰特別注意過高朗尼很多次，他喜歡把窗簾閉得密不透亮。」

「你說是姓高的主動打電話給丁約翰？」

「是的。」

「公用電話打的？」白莎問。

「是的。」

「他怎麼撥號的？」

「那沒什麼稀奇，你不知道他們盲人感觸有多靈，只要他們知道號碼，他們撥號和你我一樣快，再不然他們可以請接線生幫他們忙。」

宓善樓的眼光冷冷地固定在柯白莎的臉上，他說：「我現在有兩種推理，分頭在求證。第一是孟吉瑞想要從盲人那裡得到些什麼，他去找他，看到門是開著的──當然，門是為蝙蝠開的──孟吉瑞就自動走過去看看。」

「另外一個推理呢？」白莎不作批評地問。

「另外一個推理是高朗尼和孟吉瑞一起出去；由孟吉瑞帶他出去吃飯，吃完飯孟吉瑞送他回家，扶了盲人的手臂在前面帶路，也許用他自帶的手電筒在照亮。孟吉瑞把門打開，站進去——砰！」

白莎神經地嚇了一跳。

「對不起，只是形容當時情況而已。」警官笑出了聲。

「聽起來理由挺充足的。」白莎道：「每一角度都包括了。」

「第二項推理，」宓善樓說：「我覺得更為合理——除了我不知道孟吉瑞到底想要盲人什麼東西，或是什麼消息。你有意見是什麼嗎？」

柯白莎猶豫著。

「多半是和高朗尼聘請你為他工作有關的一件消息。」宓善樓快快地捉住這機會說，他看到白莎沒有開口，又說道：「我想是和一個女孩子有關的消息。」

「哪一類的女孩子？」白莎趕快問。

「這，」善樓承認道：「你就難倒我了，應該是多情種子那一類的，純潔、簡單，再不然她是個掘金主義者——」

「就算純潔簡單好了。」白莎道：「其他都不像。」

宓善樓露齒地笑著。

「好吧，」白莎道：「又如何？」

「又如何？」宓善樓重複她的話道：「現在我們談入正題了。高朗尼有點什麼消息，孟吉瑞是急著想得到的？」

卜愛茜把頭伸進辦公室，「柯太太，你能聽個電話嗎？」

柯白莎看向她，看到她眼中有重大的暗示，對警官說：「對不起。」拿起電話。

接線小姐說：「聖般諾德長途電話，你是柯太太嗎？你願意付這個長途電話費嗎？」

「怎麼想得出來的？」柯白莎回答道：「他們臉皮也真厚，我的回答很簡單，很容易懂，我從來不接由我付款的電話。」

她正要把話機摔回機座，聽到在外面辦公室也在聽另一個話機的卜愛茜聲音插進來說：「柯太太，我知道那是一個高先生打來的電話。」

這時話機已經離開白莎耳朵幾個英吋了，柯白莎看看宓善樓，看他有沒有聽到電話裡傳出來的話，宓警官沒有改變他的表情。

白莎說：「既然如此，記我帳好了，把電話接過來。」

她聽到喀的一聲，幾乎立即那盲人不會誤認的聲音說道：「哈囉，柯太太嗎？」

「是的。」

「不要讓任何人知道我在哪裡，不要在電話上提我的名字，知道嗎？」

「是的。」

「我知道警察在找我。」

「是的。」

「找得很緊？」

「沒有錯。」

「你能不能溜出來看我，不使任何人發現知道？」

「那會有些困難。」

「對我十分重要呀。」

「把地址給我。」

「聖般諾德，美杉大旅社。」

「什麼名字？」

「我不知道，你知道我看不到，我還沒機會見到管登記的人，我可能是被用自己名字登記的。」

「那不太妙。」白莎說。

「我可以把房間號碼告訴你。」

「什麼？」

「四二〇。」

「那就夠了，你在那裡等我好了。」

「你好像挺忙的？」宓善樓說。

「忙個鬼！」白莎厭煩地說：「不斷有人打電話進來要你付錢，那就是準備用紅筆做帳的時候了。」

「那倒也是真的。」宓善樓微笑同意道：「柯太太，我們相信孟吉瑞和高朗尼昨天晚上是在一起的，你能告訴我們為什麼嗎？」

「我沒有辦法呀！我的手是被綁著的。」

「你到底是因為不知道，還是因為道德上你不能背叛你的客戶？」

白莎猶豫了一陣子，說道：「我想我已經老老實實的回答了所有你的問題，每個問題我現在能說的都說了，我想該談的都已經談過了。」

警官點點頭，但是一點離開的意思也沒有。他只是坐在那裡，看著她。

「孟吉瑞有沒有開車？」白莎突然問道。

「有的，他把它停在兩條街之外，我們直到今天早上才發現，車子登記的是他自己的名字。」

「假如孟吉瑞開車送姓高的回家，假如你的推理是事實，孟吉瑞找高朗尼要些東西，他扶住他的手臂，他在前面帶路，他先走進房裡，是他牽動了鋼絲，獵槍開火。然後姓高的怎麼樣？他能跑到那裡去呢？」

「我們局裡有很多人認為是你把他帶到什麼地方去了，柯太太。」

「我把他帶走！」白莎驚奇地大叫起來。

「是的。」

「那些人有成見，都是斜白眼，你替我告訴他們。」

「我聽到了。」

「不要忘了告訴他們。」

「你沒有開車把他帶走？」

「沒有。」

「你叫輛計程車到姓高的平房去，那是不是你送走他後，故意第二次再去他家？」

「當然不是。」

「姓高的是你的客戶，他有困難的時候理論上當然先找你，你當然要保護他，是嗎？」

「我覺得你很無聊。」

「我？無聊？」

「至少你不去做應該做的事，老往彎路上想。」

「再問你一件事，你去姓高的房子，會不會是約好孟吉瑞和姓高的一起在那裡見面的？你到了那裡，發現姓高的怕得發抖，告訴你孟吉瑞被槍殺了。你有沒有安排那盲人從後面出去，在一個約定好的地方等著？」

「老天，絕對沒有。」

宓善樓把兩隻大手掌壓住椅子的把手，把自己撐起來，站在地上，向下看向白莎，說道：「你要是想搞什麼鬼，那就太不幸了。我現在還不知道你有沒有出什麼錯，但是我會盯著你找的。一旦給我找出來，是你站在我和破案之間的話，你知道我是六親不認的。」

「當然，當然。」白莎說。

「我想今天的訪問可以告一段落了。」宓善樓說。

「你真體貼。」白莎一面說，一面把他送到門口。

柯白莎等在外辦公室的門裡面，等她聽到電梯鐵柵門關上，開電梯的小童把電梯開下去，於是她走回去告訴卜愛茜。「給我接我停車的車庫，快！」

卜愛茜能幹的手指把電話撥好，交給白莎道：「好了，柯太太。」

柯白莎把話機拿起。「這是柯太太，有沒有人立即可以把我車開出來？」

「有，有，不過離開你辦公室只有一條街遠呀。」

「我知道，」白莎不耐煩地說：「但是我不是要你把車開到我辦公室大樓交給我。」

「喔。」

白莎道：「我要用走路走到第七街，在第七街我乘街車沿第七街向西。我現在就離開辦公室，我要你派個人開我車沿第七街慢慢向西，我會在大馬路和費加洛路之間找個地方下車。我會在一個安全區上站著等候我的車，我的車一來，我要坐在後座。你的人可以開我幾條街，等我說可以的時候我會放你的人乘街車回來的，你弄清楚了嗎？」

「是的，清楚了，柯太太。」

「這正是我喜歡的服務。」白莎說：「我現在要離開了。」

「你的車在三分鐘後會照你指示離開這裡的。」

「五分鐘好了。」白莎說：「我要確定我們不會錯過了。」

柯白莎掛了電話，抓起她的帽子，用一隻手向自己頭上蓋下去，對愛茜說：

「五點鐘你自己下班，有人問我哪裡去就照實說不知道，我要去見一個證人。」她根本沒有等候卜愛茜點她的頭表示瞭解，自己匆匆來到電梯，走上陽光普照的街道，來到第七街口乘上街車，在大馬路口下車，站在安全區前，等著，一面注意來車。

她也曾一路注意，沒有人對她特別關心，也沒有汽車在附近放乘客下車或在附近靠邊停車，根本沒有人車引起她起疑。

她等了大概兩分鐘，看到車庫的人開了她自己的汽車在車陣中慢慢駛來。她做個手勢，他把車靠過來停住，白莎把後車門打開，自己坐進後車座，說道：「加油，走。」

汽車突然加速，把她的背摔上汽車坐墊的靠背。

「在費加洛路向右轉，」白莎說：「在韋爾夏左轉，再直走四、五條街左轉，停在當中的路邊。」

車庫來的人依白莎指示開車，白莎打開皮包開始擦粉，她把小鏡子放在一個合適的角度，又改變這個角度使她可以充分觀察在她身後的所有車輛。

當車子左轉離開韋爾夏路後，白莎下車，她說：「可以了，我自己來開，你可以走回第七街坐街車回去，這是車錢。」

她給一毛錢，看看他不滿意的臉色，加了一個二毛五分的硬幣。

「謝謝你，柯太太。」

白莎含含糊糊的咕嚕了一下以示回答，把自己坐進駕駛盤後面，把裙子拉得高高的使膝部的動作方便一些。把後視鏡調整一下，坐著足足等了五分鐘。然後她在路當中把車子迴轉，又回到了韋爾夏路上，她右轉上費加洛路，左轉，在兩個街方裡做了兩次「8」字型轉彎，再開車到聯合車站。她把車停妥，走進車站，東看看西看看，出來，進車，開車到梅西街。

當她開上直通聖般諾德的大路時，她心中已經篤定，沒有車在跟蹤她。

在各商店快要關門的時候，她到達了波摩那，她買了一個便宜結實的行李箱，選購了一件合乎高瘦女人穿的套裝，一頂寬邊帽子和一件深色，沒有腰身的大衣。她把衣帽裝入行李箱中，帶著箱子又上車。

進聖般諾德後她又再一次確定沒有人在跟蹤她，然後停車在要找的旅社門口。她鳴車上的喇叭把門童叫出來，把行李箱交給他，登記從洛杉磯來的柯太太，要一間不靠街的便宜房間，不要旅社給她的二一四號房，說是不喜歡這號碼，最後同意了三八一號房間。她告訴旅社可能她要用電話退房，所以她要把房租用現款先付，萬一沒帶走的行李，要暫時保管，以便有機會時再來領取。她付了一天房租，取了收據，由僕役提了行李箱帶她進住的房間。

僕役猛力表演了打開窗子，把台燈打開，告訴白莎電視機怎麼開法，又去洗手間確定一下該有的毛巾都有了。

白莎站在床邊看他的表演，當一切就緒，她拋了一毛錢在他的手掌裡，猶豫了一下又加一個五分的鎳幣。

「還有什麼要我服務的嗎？」他問。

「沒有了。」白莎說：「我要洗個澡然後睡一下，請告訴他們所有電話都不要接進來。」

白莎把請勿打擾的牌子掛到走廊側的門把手上，把燈熄了，把門鎖上，提了她的行李箱，找到樓梯，爬到四樓，找到四二〇室。四二〇室也有一塊請勿打擾牌子掛在門上。

她輕輕地敲門。

「什麼人？」高朗尼的聲音問。

「柯太太。」

她聽到他手杖的敲擊聲，然後是門閂的打開聲。高郎尼打開房門，他看起來老了不少，佝僂了一些，縮小了一號。

「進來。」

白莎進入房間，房間裡有久未通風的人味，高朗尼在後面把門關上，又上了閂。

白莎道：「老天，這裡快悶死了，窗又關緊，窗簾又都密不通風，你幹什麼呀？」

「我知道，但是我怕有人會看到我。」

柯白莎走到窗前，把窗簾拉到一側，把百葉窗拉上去，把窗戶打開。「這裡沒有人看到你的，你的房間是靠外面的。」

「我抱歉。」高朗尼心平氣和地說。「瞎子這一點不太方便，他沒有辦法知道房間是靠外的，還是靠著內院，正對面另外有個窗正好看得到他。」

「說的是。」白莎說：「我瞭解了，你怎麼知道發生那麼多事了？」

「電台廣播。」他說，用手微動地指著房間床頭側的一角。「我摸到床頭的無線電，對我來說複雜了點。看來還有定時裝置和不少特別的開關，要付錢才能用。」

「是的，」白莎道：「一小時一毛五分錢。」

「我費不少時間才弄懂，我聽音樂和新聞，然後我聽到這件事的廣播。」

「你怎麼辦？」

「打電話找你。」

「在你找我之前，那麼多時間，你一直在這裡？」

「是的。」

「為什麼？」

「孟吉瑞叫我等的。」

白莎道：「好了，我們談一談，把發生的一切都告訴我。」

「沒有什麼可以告訴你的。」他說：「要由你來告訴我。」

「那把你知道的都告訴我好了。」

「我——有一個駕駛。不是一個人雇用的，還有幾個別人，一起——」

「是，這我都知道。」白莎說：「從見到姓孟的開始說。」

「第一次遇到他，我根本不知道他是什麼人。他拋了五個一元的銀幣進我的罐子去。一次拋一個。連續地拋。而——」

「這一節免了，」白莎說：「這一節我知道。」

「我當然會記住他。我記得他的腳步聲，他身上還有種特別的味道，是一種特別的菸草，有很辛辣的氣味。」

「好吧，你記得他，第二次見他是什麼時候？」

「昨天。」

「什麼時間？」

「大概中午的時間。」

「發生什麼了？」

「他差不多十二點的時候到我住的房子來，他說：『你不知道我是什麼人，但是我要問你一些問題。要是回答正確可能對你很有意義。』他以為我不認識他，不知道那是抛五元硬幣給我的人。我也不拆穿，人們不要我知道，我就裝糊塗。所以我只是笑笑道：『好吧，什麼問題？』

「於是他問我有關你的一切，他要知道我雇用你後，你為我查出些什麼來。當然，我不會告訴他太多。我的答話也就含糊了一些，我和他，除了那一次他抛五元錢送我罐子之外，可以說完全是陌生人。我不準備給他很多私人的資料。我告訴他，他應該來向你請教。」

「之後呢？」白莎問。

「之後他告訴我，曾經送給我一件禮物的年輕女人，想要見我。不幸的是，她不能到我這裡來，但是我可以去，她會真正高興我能去看她。他說我們可以一起用晚餐，在見了她之後，他可以送我回來。」

「之後呢？」

「也許你不會瞭解，我們盲人過的日子是非常單調，沒有變化的。最難受的就是寂寞。我們生活在一個大都市中，車水馬龍在你的身邊，從人潮中聽慣了認識了不少人，但是他們從不和我們說話。即使說話也只是同情立場。甚至你會希望他們不說還好些。」

白莎點點頭，隨即又想起他看不到點頭。她說：「我懂，你說了，我懂你的心情。說下去，我要你盡快說下去。」

「當然，我也希望趁他說話的機會，打破一些常規，過一次正常人的社交活動。」

白莎想了一想，突然道：「上次你來看我，你身上有不少鈔票，做乞丐有那麼多油水嗎？」

他笑道：「老實說，乞丐能剩的不多，這一行根本沒什麼賺頭。我真正收入早已不靠這一行了。」

「那你何必每天要坐在那裡——」

「只為了度日子，覺得自己仍是社會的一份子。我開始這一行的時候根本沒有選擇，我沒有教育背景，沒有資本，也交不上我想交的朋友。」

「那你現在投資的本錢哪裡來的？」

「說來話長。」

「長話短說好了。」

「有一個男人一向對我很慷慨。他說我曾給他帶來運氣。他給了我幾股德州油礦開發——他把那股票投入了我的罐子。我不會看，他說了就算，我把它放在一邊。

「老實說，過了一陣子我根本忘記了。那男人有一天來看我。說他找過我，我沒回他信。不過。長話短說，他們挖到了油了，很多很多。他對我的股份出了一個價。我沒有賣。我要留著。那玩意兒給我一份固定的紅利。我是個盲人，他們沒有辦法讓我開支票。我只好隨身帶著。身體有殘障，隨身多帶些現鈔自己覺得安全一點。」

「我懂了，再來說孟吉瑞吧。」

「我們兩個一起去吃了一頓提早了一點的晚餐。我們談了一會，他說想見我的女孩在城外。他已經約好時間，我們開車過去要一小時半到兩個小時。我沒想到有什麼不對。我對他很信任，只是坐在車上和他亂聊。」

「聊些什麼？」

「喔！很多東西——哲學，政治——很多很多。」

「有聊起那汽車車禍？」

「有，有聊到。」

「聊到我給你做的工作？」

「一點點，那時他要我對他有信心。」

「有沒有提到戴瑟芬送你的禮物？」

「是的，我有提起。」

「之後如何？」

「我們來到這裡，我連這是什麼城市都不知道。他說他要打幾個電話，叫我在車裡等。他回來的時候好像很失望，說是要想見她要等到很晚，甚至第二天早上。有些事發生，她很抱歉，她要他向我致意。我們又吃了點東西。孟先生把我放在這間房間裡，說是他還有點事做，一早會來看我。

「我自己有盲人用的錶，可以把錶面打開用手摸。問題是只有十二個小時，假如我弄混了白天黑夜，我就只知道時間，不知道早上還是下午。我睡到了九點鐘；我起床，穿衣服，等候，洗澡穿衣花了不少時候。這房間很複雜，我東摸西摸很久才知道每件東西的位置和用處。有一件事我不知道，我不知道燈光是亮的還是暗的。我根本沒注意孟吉瑞進來時有沒有開燈。我也不知道窗外對面有沒有別人的窗對著我，我只好把窗簾放下來。過了一下，當時我認為差不多了。我拿起電話請他們接孟吉瑞的房間。他們告訴我沒有姓孟的住這裡。我就困擾了。我本來吃得不多，前一夜晚飯吃很多，又吃了宵夜，所以我就不吃早餐。我摸到收音機，把它打開，聽一下音樂，睡著了一下，醒回來就開始擔憂了。我左轉右轉，收音機廣播新聞了。我聽到孟吉瑞的事情，我不知怎麼辦。」

「你就打電話給我了？」

「我等了兩個小時後才打。我不知怎麼辦，我迷糊了。」

「你有出過房間？」

「沒有。非但如此，我都沒有敢叫他們送東西上來吃。我掛了一塊請勿打擾牌子在門上就乾坐在這房裡。假如收音機沒錯，警方是在找我，那——」

「現在我們來說主題，」白莎道：「為什麼你不要警察找到你？」

「我要是知道到底發生了什麼事，」高朗尼道：「我就根本不在乎他們來問我。但是，收音機說陷阱是為我而設的。姓孟的不過正好走進去做了替死鬼。我先要知道這一點。我要先知道什麼人在想要我死。」

「我們會討論這一點的。」白莎道：「他也是個盲人。」

「你怎麼知道？」

「從陷阱設定的方法。宓善樓警官把警方知道的全告訴我了。我們幾乎可以確定這是一個盲人幹的活。」

「我不相信。我不相信我認識的人當中，有人會幹這種事。」

「會不會是其他人？」

「不會，我的朋友知道我家，我們俱樂部並不全是盲人。其中一人少了兩條腿，一隻手。我們裡面一起有七個人是看不見的。」

「那麼除了你之外還有六個，他們都知道你家嗎？」

「是的，都去過。也都見過阿福。」

「阿福，誰是阿福？」

「我養馴了的寵物，是隻蝙蝠。」

「嗯，養了很久了嗎？」

「相當久了，我大門不關，為的是牠方便。」

「宓善樓警官認為陷阱是針對你而來的，而且是由一個盲人所設的。那就是只有六個嫌犯囉。是嗎？」

「應該是。」

「那個孟吉瑞，他為什麼去你家，你知道嗎？」

「想不出來，他一定是一離開我這裡的這個房間，立即趕去我家的。」

「正是如此。」白莎道：「這表示一切都是他早就設計好的。」

「多早設計好的？」

「我不知道。假如是一離開洛杉磯，或是在路上決定的，那就只有一個原因。」

「什麼？」

「你說了什麼話，所說的話使他有回去一趟，進你房子裡去的必要。只有兩件事有這個可能。」

「什麼？」

「花和音樂匣。」

「喔！我希望我的音樂匣沒被別人亂動。」

「我想他沒有動。你有沒有告訴孟吉瑞你的寵物阿福？」

「我記不起了。」

「那阿福二十四小時住你家裡的嗎？」

「是的，牠很可愛。我每次進去，牠一定會飛上來親近我一下。我喜歡寵物，我一直想養隻貓或狗。」

「為什麼沒有養？」

「因為牠們不能自己養活自己，而我又不能伺候牠們。我出去的時候要把牠們關在屋子裡，有餵牠們吃喝問題，溜狗的放貓的問題，所以我只好養隻自己可以養活自己的寵物。屋子後面有個柴棚，那阿福就住在裡面。我花不少時間養馴牠，現在牠住在屋子裡。我大門不關的，如此牠可以飛進飛出。我在不在家無所謂。牠進進出出自謀生活——自己養自己。」

白莎突然改變話題：「你告訴孟吉瑞，我替你找到了戴瑟芬是嗎？」

「是的。」

「你告訴他，你有她地址？」

「是的。」

「你確定告訴過他，你收到花和音樂匣子？」

「沒錯。」

「他沒有因這件事有什麼激動？」

「我不知道，說不上來。至少聲音沒有改變。我看不到他表情的，你知道。」

「但是，一定是什麼事引起了他回去的原因。他急著回去拿什麼？或是做什麼事？就走進了專為你而設的陷阱。」

「這我就想不出了。」

「真是可惡到了極點了！」

「什麼？」

「整個這件事。你一定有什麼我需要的消息，但是我們兜攏不到一塊去。」

「到底是什麼呢？」

「我也不知道，」白莎道：「壞的是你也不知道。是一件你根本不知道重要的事，是一件來這裡的時候你說到過的事。」

「想不出有這樣一件事。」

「一定是和那件車禍有關的事。」柯白莎說。

「我把一切都告訴你了。」

「就因為如此，你認為你把告訴孟吉端的事都告訴我了。但是沒有。還有一件事很重要，牽涉到很多人和很多錢。」

「我們怎麼辦呢，去向警局出頭，把一切告訴他們？」

白莎怒氣地說：「讓他們把這一切弄上報紙？我不幹。」

「為什麼不可以？」

「因為這裡面有我『五千元錢』的百分之五十在。要是你認為我會把兩千五百元從窗子裡摔出去，你就瘋了。」

「但是，你的這筆錢和我沒有關係，不要把我拖進去了。」

「我知道這和你沒有關係。這就是難處了。你要坐在這裡和我聊天，一直的聊，把你和孟吉瑞之間所聊的一再重複，仔細地想，事無大小都回想說出來。」

「但是我一定要吃東西了，我又不能出去，我又不──」

「可以的，」白莎說：「你下去到我房裡，我帶了些對你會合身的女人衣服。你跟我出去當我母親。你中過風，走路很慢，靠我手上，你用一根手杖。」

「不會引人起疑嗎？」

「至少我們可以試試呀。」

「我倒希望我能夠──你知道，讓人看到我在這裡。」

「為什麼？」

「這樣的話，萬一警察要把謀殺孟吉瑞的事賴到我頭上來的話，我可以證明給他們看，我一直在這裡旅館裡。」

柯白莎噘起嘴唇，吹了輕輕一聲，她說道：「真他奶奶的！」

「怎麼了。」高朗尼問。

白莎道：「你自己竟完全沒有不在場時間證人。」

「為什麼？我又不能開車回洛杉磯殺掉孟吉瑞，又不能一個人開車回來住在這裡。」

「是不可能，但是你可以殺了人。由別人開車把你送來這裡。事先準備好一個這樣的故事。」

「假如不是活生生的孟先生把我帶來這裡，還會有什麼人呢？」高朗尼理直氣壯地說。

柯白莎把雙眉皺起，說道：「過去一分鐘我也在想這個問題，但是我清楚地知道宓善樓會說是什麼人把你帶來這裡的。」

「什麼人？」高問。

「我！我自己親自在樓下大廳辦的登記。」

第廿五章 音樂匣

柯白莎幫忙高朗尼站到一張椅子的坐墊上去，她說：「小心了，不要摔下來。現在假如你伸一隻手上去，不，另外一隻手，你可以扶到天花板上的大燈，那看起來挺結實的。小心了，我要放手了。」

白莎慢慢地把扶著他的手放開。

「沒關係。」盲人道：「我沒有問題。」

白莎估計一下現況，說道：「不行，我不能叫你老這樣吊著手，吃不消的。等一下，我另外給你一個東西當扶手。」

她移了一張高背椅子過來，放在他邊上：「好了，把你手放椅背上好了。我幫你忙，行了，不要動，我替你把裙邊縫高些。」

白莎自隨身帶在皮包裡的針線包中拿出一張小硬紙板，上面別滿了大頭針，她把大頭針拔下，用嘴含著很多大頭針的針尖，圍了穿在高朗尼身上白莎早先選購套裝的裙子走，一面把裙邊用大頭針別高。走完三百六十度，她退後一步，欣賞自己的傑作。她說：「這樣很好看了，我們下來吧。」

她幫助他下地，把套裝自頭上剝下，拿了套裝坐到床沿上，開始縫裙邊。

高問道：「柯太太，你認為我直接聯絡警局，告訴他們發生的一切，會不會好一點。電台開始廣播的時候，我不知道怎麼辦才好，但是現在，我越想越覺得應該——」

白莎好像老師對付笨學生一樣激怒地說：「你給我聽著，我再講一次，不再講了。你現在有足值五千元的一個消息，就在你腦子裡。在這五千元裡面有我的兩千五百元。是你對孟吉瑞講的什麼話，引起了他的動機。他回去，走進你的房子，也走進了別人為你而設的陷阱去。警方的興趣是什麼人裝設的陷阱，和為什麼想殺人。我的興趣是孟吉瑞想要什麼。你一旦去找警方，他們會把你密封起來。我的兩千五百元也就泡湯了。你懂嗎？」

「但是我完全想不出這是什麼東西呀。」

「可恨的是，我自己也不知道這是什麼。」白莎承認道：「不過目前我看你是個在走路的金礦，所以我只有盯住你直到清楚這件事。你懂嗎？」

「是的，我懂了。」

「好了，你懂了就好。現在我們要離開這裡了。你是我的母親，你有一點輕度中風。我們出去散步。對任何人你都不必開口，有人對你說話你只要笑一笑，好了，我們走吧。」

白莎對四周做了最後的一次巡視，扶起了盲人手肘，說道：「我要你靠著我。不要讓別人看出我在帶路。讓人看來我是在扶你一把。盲人靠人帶路，病人靠人扶持走路，你懂我的意思嗎？」

「我懂，像這樣？」

「不對，不是頭低下來，是向我這一邊側一點。走吧！」

白莎帶了高朗尼經過房門，把房門鎖上，她說：「我的房間在三摟，我們要從樓梯走到三樓再乘電梯比較好。」

「沒問題。」

「你要當心的是那長裙。我故意把它長到正好拖到地。我不要讓別人看到你的褲子和鞋子。」

「你不是把我褲腳管捲上去了嗎？」

「是沒錯，你還是要小心裙子，裙子是很長的。小心樓梯到了。」

他們小心地應付樓梯。白莎在三樓經走道來到電梯。她按鈴，電梯上來，白莎一面進電梯，一面說：「媽媽，小心，小心進電梯。」

他們兩人進入電梯，高朗尼頭上戴的帽子，邊稍寬了一點，但還是安全地進了電梯。

白莎對開電梯的男童道：「慢一點下去，我媽媽身體不好。」

男童笑道：「夫人，電梯只有一種速度，那就是慢速度，別擔心。」

他們到了大廳。男童好奇地看著白莎的「媽媽」。男童在沒有客人乘電梯的時候也兼門童，他把旅社大門為白莎打開，白莎走出來，打開自己車門。她把自己站在門童視線和高朗尼之間，幫助高朗尼登上自己的車子，阻止男童不要看到高朗尼的腿，把車門關上。她向男童微微一笑，兜過車尾，進車，把車開走。

「去哪裡？」高問。

「河邊鎮。」白莎說：「我們找個旅社住兩個有相通的房間。」

天已開始轉黑。白莎打開車頭燈，慢慢地開車。到了河邊鎮，她找了一個較老的旅社，登記郭太太和女兒，要了兩間公用一個浴廁的房間，表演了一套使高朗尼進了房間。

「好了。」白莎道：「你在這裡很安全。我們可以談了。」

一個小時後，高朗尼一再聲明什麼都說過了之後，白莎自附近的館子叫了晚餐請他們送上來用。又一個小時後她用公用電話打聖般諾德，她說：「這是柯太太，我不願意發生的事終究發生了。我媽媽又中了一次風。我來不及回來拿行李了。把我箱子存起來。我的帳是先付的，在旅社裡我沒有打過電話，也沒有別的消費。」

旅社管理員客氣地同情她不能回來遷出的原因，希望她媽媽能早日康復，保證白莎不必為她自己東西擔心。

白莎謝了他，回到旅社，又兩個小時疲勞轟炸這位盲人希望有所收獲，一遍一遍重複上一週發生的一切，又單獨又乏味。

最後，高朗尼疲乏了，激動了。「所有的一切都告訴你了。」他說：「我要睡了。我真希望我從來沒有對這女孩關心過，也希望從來沒有見過你。老實說，她——」他的話突然硬住，那是因為他明白了自己要說出什麼的原因。

「她怎麼樣？」白莎問，想擠出他的話來。

「沒什麼。」

「你剛才想說的是什麼？」

「喔！也沒什麼，只是——我已經對這個女人失望了。」

「哪個女人？」

「戴瑟芬。」

「為什麼？」

「第一，她從此後從來沒有走過來看過我。假如她已經可以上班了，她當然可以走過我那邊說一聲哈囉。」

「她已經換了一個地方上班了。」白莎解釋道：「當梅好樂先生活著時她在我告訴過你的地方上班。她老闆死後，她沒有機會去那邊。」

「但是我仍不能瞭解，她為什麼不專程去看我一下？」

「她送給你一件很好的禮物，是不是？事實上，是兩件禮物。」

「是的，那音樂匣真是對我非常有意思。她應該知道，我會急著要親自向她道謝一下的。」

「你能寫封信給她嗎？」

「我不會用打字機，我也沒有正式訓練用鉛筆寫信。我個人不喜歡寫。」

「為什麼不打個電話給她？」白莎問。

「問題在這裡，我打過電話。她不願浪費時間在我身上。」

「等一下，這是我們沒有討論過的。你說她不願意浪費時間在你身上？」

「我給她電話。她不在。我和一個別的女人談，我告訴她我是誰。她說戴小姐目前在忙。但是她可以給我轉任何的口信。我告訴她我要親自謝謝戴小姐，她送那樣好的禮物給我。我告訴她這個電話，我要一直等在電話邊上直到她打電話給我為止。」

「她給你電話了嗎？」白莎問。

「我等了又等——等了一個小時。她沒有來電。」

「你電話打去哪裡，她公寓裡的嗎？」

「不是的，是打去她工作的地方——她替她工作那個男人的家裡。你知道，梅先生的住宅。」

「你到底認識她多深？」白莎問。

「喔！相當深——當然只是指談談說說。」

「也光只是她在路邊停下的時候，是嗎？」

「沒錯。」

「你們沒機會建立比較深一層的友誼嗎？」

「喔，我們真的談得很愉快，每次雖然只能談一點點。她是我每天最有興趣的目標，而她自己也知道。當我等不到她來電話時，我又打電話找戴瑟芬。來接電話的問我是不是她的朋友，又說她在忙中。我記得我那時戲言道，我是一個從未見過她的朋友，以後也不會見得到她。他們把她叫來電話旁，我說：『哈囉，戴小姐，這是你的盲人朋友，我要謝謝你給我的音樂匣。』她說：『什麼音樂匣？』於是我說就是那個她送給她盲人朋友的音樂匣。於是她說她送過我花，而她是太忙，連說話也沒時間，就把電話掛斷了，我在想，那車禍一定影響她記憶了，把自己做的事也忘了，不過為了什麼原因她不願別人知道這一點，因為還有事她一定要說她記得。也許她是什麼契約的證人，或許——」

「等一下，」白莎打斷他話道：「你能確定音樂匣是她送的嗎？」

「喔！除了她我從來沒有對任何人說過我喜歡那種東西。我想她傷得也許比她自己瞭解重一點，所以我決定要去看她——」

「電話上聲音如何？和平時的她一樣嗎？」

「不一樣，她語氣有點抖，有點粗。她的腦筋可能有問題。她記憶——」

「你有沒有把這一切告訴孟吉瑞？」

「哪一切？」

「有關電話上的會話，有關音樂匣，以及戴瑟芬記憶可能減退了。」

「我來看——是的，我有告訴他。」

白莎現在激動了。

「在她受傷之後，你就收到音樂匣了，是嗎？」

「是的，一天或兩天之內。」

「是怎麼送來的？」

「一個送貨員送來的。」

「送貨員有沒有說從什麼地方來的？」

「從她買這個音樂匣的店裡。哪一家古董店，我忘記名字了。他說一位年輕小姐付了定金留在店裡，剛才才付清了貨款——」

「你把這件事告訴了孟吉瑞，你還對其他什麼人說過？」

「對丁先生，那位開車帶我們的人，還有——」

「他奶奶的！」白莎跳起來，站在地上。

「怎麼回事？」高朗尼問。

「豬頭豬腦，笨得要死！」

「什麼人？」

「我呀。」

「我不懂，為什麼？」高朗尼問。

「音樂匣上有招牌嗎？有什麼東西可以看出這是從哪裡買來？或是什麼店名

——」

「我怎麼會知道？」高說：「我只能摸它的外表評定它的好壞，奇怪，你問起我我還對什麼人說過，我認為戴瑟芬可能因為車禍失去記憶力了，我現在想起孟吉瑞也問過我相同的問題。」

「你告訴他，你還對丁先生說過？」

「是的，我有一個醫生朋友。丁先生建議我帶醫生一起去拜訪戴小姐，但是不讓戴小姐知道另外一個是醫生——不過，首先我應該絕對確定這個音樂匣是她送的。丁先生說還是有可能是別人送的，但我看不出來還可能是什麼人，我就從來沒有對其他人提起過——」

「音樂匣來的時候連字條也沒有嗎？」

「沒有，字條是連了花來的，音樂匣送來的時候就像我說的，什麼也沒有附帶著來。」

白莎興奮地走向門口，自己停住，轉身，故意做出打呵欠聲，伸了伸懶腰，說道：「好了，你今天也夠累了，我該讓你休息了，我們停止工作吧。」

「是不是因為我剛才說了什麼你聽到了使你這樣興奮？」

「喔，一度我以為是有點東西。」白莎又打了個呵欠。「但是現在想來窮緊張一陣，你不知道她花多少錢買的這個音樂匣吧？」

「我不知道，不過我知道這玩意兒很貴。是個好貨，上面還有兩幅畫，是用油漆畫的風景。」

「有人把這幅畫內容告訴你了？」

「沒有，是我用手指摸著假想的。」

白莎又長長打了個呵欠。

「好，我要去睡了，你早上想睡懶覺嗎？」

「那最好了。」

「我通常九點或再遲一點起床。」白莎說：「這不會對你太遲吧。」

「照目前情況看來，我可以睡一個對時。」

「好吧！你好好睡一個晚上吧。」白莎告訴他。「明天我來看你。」

白莎扶他經過相連兩室的浴廁，幫助他把女人衣服脫掉，扶著他熟悉一下全室的環境，把盲人杖放到床邊他拿得到的地方，她說：「好好睡，我也要去睡了，我眼睛都張不開了。」

她自己經由連著的浴廁回自己房間，把門關上，靜聽了一陣，抓起大衣和帽子，輕聲走過房間，用足尖走向走道。十分鐘之後，她已在高速公路上瘋狂地開車向洛杉磯。

開到波摩那，她發現現在她在做的，正是二十四小時之前孟吉瑞在做的——可能動機也是一樣的。但是，現在孟吉瑞只是躺在解剖台上的一具冰冷屍體而已。

第廿六章　白莎被捕

燈火管制做得很徹底。在近海高地路上，白莎把燈光轉成低燈，慢慢地以每小時十五英里速度爬著。她把車靠邊停下，把引擎熄火，仔細聽著。除了尚未被車聲嚇阻的夜聲外，什麼也沒有——一些蟋蟀鳴叫，一些青蛙在唱和，還有一些都市聽不到的不知名的聲音，沒有車子在跟她過來。

白莎自皮包拿出她的手電筒，淡淡的手電光幫助她找到通往小屋去的路。

平房好像突然在她面前聳起，陰影裡的房子有神秘感，顯得比實際大了一點。

她沿著有短鐵欄的小徑，來到門口，爬上階梯，停下來。門關得緊緊的，那一定是警察的傑作，白莎不知門是否也加鎖了。

她試試門把，門是鎖著的。

白莎用手電筒向門裡照，不太容易，但自鑰匙孔裡，她看到沒有鑰匙在門裡面的鑰匙孔裡，警察一定是鎖上了門把鑰匙帶走了。

柯白莎皮包裡有一套萬用鑰，她知道即使被人發現，也會有不少麻煩的。但是為了必要時的方便，她倒不計較那麼多。而且，白莎是一個在要得到東西的時候不太猶豫就動手的人。

三次使用萬用鑰匙未果，第四次她就把門打開了。

柯白莎把門推開，站在門外一動也不動，她要確定門裡面沒有什麼怪裏怪氣的東西。

聽聽裡面沒有什麼聲音，用手電光照照裡面也沒有不尋常的東西，她機動地把手電光集中到左手側角上，想看看那詭異的血跡，還在不在地毯上，還在。

白莎把手電筒光熄掉。

突然她聽到房間裡移動聲，她冰冷的手立即又撥動手電筒的開關，她感覺到有東西直衝她而來，然後是多骨的手指好像爬上了她的脖子。

白莎一隻腳猛力向前面空間踢過去，又把左手握拳揮向空中，右手亂舞手電筒，要找出襲擊她的敵人。

在大叫出聲後白莎才突然明白，喉嚨上的東西也自動離開了。她聽到空氣中的拍翅聲，放大了的陰影在光線暗淡的手電燈光下，魅影似地自動失去形跡。

「阿福！」她驚魂初定地咕嚕著。「是那隻鬼蝙蝠。」

她把手電燈光重新照遍整個房間，像是要確定房間裡已經沒有再架設準備對付屋主回來的新陷阱。手電燈光不停的暫停下來，停留在物體上，她也不敢在弄清楚前向前移動，以免會牽動什麼看不到的鋼絲，引發致命的槍彈。

現在看來，前一夜在這裡發生的事清清楚楚：孟吉瑞急著要進屋子來，想在有人看到前能拿到那具音樂匣——以致牽動了引發獵槍的鋼絲。今天白莎仍有相同的焦慮和怕人發現的懼怕，不過白莎不甘心入寶山空手而返。

房子很平常，但布置得很舒服。顯然高朗尼還經常在家招待他的一幫人，所以有五、六張很好的沙發椅放在起居室裡，圍成一個圓圈。靠牆窗下是一個書櫃，櫃子裡沒有書，一張桌子，桌子上沒有報紙，沒有雜誌。白莎的兩眼固定在窗側一個高的置物台上。她向前走。伸手拿到音樂匣。第一次那盲人在街上把音樂匣給她看的時候，她只是隨便的看了一下，現在她集中全力地加以觀察。

自手電筒燈光可以看出這匣子是由極硬的木頭雕刻打光的。外側的一面有油畫的田舍風光，對側畫的是一個漂亮少女，用現代目光看來稍豐滿了一些，在畫畫的當時，一定是一個標準大美人。

油畫畫好後，在油畫上又塗了一層光亮的漆，現在，光亮的漆和油畫都有地方變薄，褪色了。不過，匣子外面一點也沒有損傷，摸在手裡猶如外面有一層緞子鋪著，足證那麼多年來，所經手的人都把它當作傳家之寶加以善待。真奇怪怎麼會流落到古董店又被購贈給一個盲丐。

柯白莎把手電筒握著，只離開音樂匣三、四吋，仔細觀看匣子的外表。外面沒有標幟，沒有記號。白莎失望之餘把匣蓋打開，幾乎立即聽到「蘇格蘭的藍鐘花」自音樂匣傳出，叮叮咚咚地使這冷清的房間充滿了甜蜜的溫暖。

在匣蓋的裡面，白莎找到了她要的東西。一小塊圓型的貼紙，印著「白氏古董商——稀有古董買賣」。

柯白莎把音樂匣放回原處，把匣蓋關上也阻斷了音樂的聲音。她轉身返向大門，改變主意，走回來，把音樂匣裡外的指紋擦掉。

把手電指向大門，隱隱地有黑影在牆上張牙舞爪，白莎知道一定是蝙蝠餓了，再不然牠急著要人類的友情，但又知道柯白莎不是那個盲人。

白莎試著把蝙蝠趕到房子外面去，如此她可以把大門再鎖上，但是蝙蝠就是不肯出去。

白莎噓噓出聲地趕，嘴裡唸道：「你這個笨阿福，要是不出去，門鎖上了你只能餓死。」

蝙蝠也許懂她的話，也許人的聲音刺激了牠，蝙蝠一下又飛到她頭上打轉。

白莎用手趕牠，「滾蛋，」她說：「我不喜歡你，你叫我緊張，你要再停到我頭頸來，我——」

「你又要怎麼辦？柯太太？」宓善樓的聲音說：「我現在倒對你真正有興趣了。」

白莎驚得一下跳起來，好像踩到了針尖。她轉身，但是一開始沒有找到宓警官藏匿的地方。然後她見到他，隱身在門廊前爬藤植物高架的陰影裡，一肘擱置在爬藤架子橫格上，面頰依靠在手背上。站在土地上的他比站在門口的白莎低了兩呎，柯白莎低頭看向他，看得出他臉上得意的味道。

「好吧，」白莎道：「有什麼特別不對，說出來好了。」

「盜竊，」宓警官說：「是一項很重的罪名呀。」

「這哪裡是盜竊？」白莎說。

「真的嗎？」他說：「也許你有一張法院的許可證，再不然法律已經改過了而我不知道，否則，像你剛才那樣破門而入——」

「你可能對法律有所不知。」白莎告訴他。「所謂盜竊罪，你一定要打開，進入，目的是為了大小的竊盜或是犯其他重罪。」

宓善樓沉思了一下子，大笑道：「老天，我相信你是對的。」

「我知道我不會錯。」白莎說：「跟全國法律頭腦最精的人在一起混幾年，你以為我白混的呀！」

「另外一件事就更有興趣了。你打開，進入這扇門，目的是什麼呢？」

白莎快快地動腦筋，她得意地說：「我一定要讓蝙蝠飛出來。」

「喔！是的！那隻蝙蝠。」宓善樓說：「我承認牠一度傷過我腦筋，你們還給牠起了個名字，叫阿福，是嗎？」

「是的。」

「真有意思，是一隻養馴了的寵物，是嗎？」

「是的。」

「越來越有意思，你是來放牠出來的？」

「是的。」

「為什麼？」

「我知道，沒有人放牠出來，牠沒有食物，沒有水，會餓死的。」

宓善樓繞過門前平台的角，走上階梯，站到白莎面前，他說：「我不是在和你開玩笑，只是盡量對你客氣一點。你當然也知道，我問你這些問題不是為了好奇心作祟，而是為了我的職責。」

「我知道。」白莎說：「你是在兜著圈子找破綻，但是你會乏味的，我最不喜歡碎嘴的樣子。」

宓善樓大笑。

白莎賭氣道：「把你這種野雞大學畢業的人弄進來做警察根本就是錯誤的。」

「算了，柯太太，也沒你說的那麼嚴重。」

「還要更差。」

「好了，我們現在不要批評警察制度。我現在對蝙蝠有興趣——尤其是這隻蝙蝠。阿福。」

「好吧，阿福又如何？我告訴你我來幹什麼了。」

「你是來放阿福出來的，所以你一定知道阿福是在裡面。」

「我想牠可能在裡面。」

「什麼使你這樣想呢？」

「高朗尼平時讓蝙蝠自由出入，他用橡皮門止老是使房門開三、四吋，而且因為有門止，風也不會把門吹上，或是吹開太大。我在想你們這批笨人可能把門鎖上了，把蝙蝠關在裡面了。」

「我可以確定我們不會這樣，我想蝙蝠是你開門後，又自外面飛回去的。」

「當然有可能。」

「嚇了你一大跳，你還大叫和——」

「換你還不是一樣，黑夜裡有東西出來，抓你的喉嚨。」

「蝙蝠抓你了？」

「是的。」

「有意思，柯太太。這是我第一次在案子裡碰到蝙蝠，也是我第一次知道有人把蝙蝠當做寵物。」

「你沒見過的東西還多呢，你年輕呀！」

「謝謝。」

「你怎麼會正好在這裡看我放蝙蝠呢？」

他說：「那正好是巧合，我自己越來越對昨晚上發生事情的推理感到不滿意。其實另外有一個可能，你的朋友孟吉瑞先生，猛套那盲人的話，發現盲人有一件他很想要獲得的東西。他不採用同盲人一起來取的方法，而把盲人放在什麼地方，自己一個人來取那件東西。很明顯他沒有得到。即使他得到，他也沒帶離現場，一切顯示他一進門就被設在那裡的獵槍陷阱殺死了。陷阱是盲人做來殺盲人的，很有意思的，我們聽到過盲人牽盲人，這一次是盲人殺盲人。」

「你慢慢說好了。」白莎道：「不必顧慮我，我有的是時間。」

「所以，」宓警官說：「我自我檢討要隨時多用腦筋，今天下午我在你辦公室的時候，有一個受話人付款的電話進來找你。」

「這沒什麼希奇。」白莎說：「你沒接過要你付錢的長途電話嗎？」

宓善樓得意得把下巴向前戳出了兩吋。他說：「奇怪的是你知道了對方是誰之後，才肯聽這個電話——所以我腦子裡就浮起了一種怪想法。你掛上電話後，我們還談了不少有關高朗尼的事。在你掛上電話後你沒有說過你不知道他在哪裡，但是你用的語氣就比較特別。你說你已經老老實實地回答了所有我的問題，每個問題現在能說的都說了。

「我承認直到吃晚飯我才想通，是一種極有可能的情況，但是我不能叫部下來辦，把他們派出來，空守一個晚上，沒結果我會丟面子，有結果功勞又是他們的了。但是這可能性又太大了，假如孟吉端來這裡是找什麼東西，失敗了。你去見姓高的，找出孟吉瑞想拿什麼，你自己回來找這件特別事物，太可能了，太有興趣了。」

白莎道：「我什麼東西也沒有拿。」

「這當然是要查一下才知道。」宓善樓說：「雖然我不希望麻煩你，但是我一定要用我的警車，帶你去總局，那裡會有女的警方人員可以搜你一下。假如，你真沒有拿這裡任何東西，那麼——那麼，情況當然不同。假如，搜出來你有拿這裡什麼東西，你就犯有刑罪、盜竊罪，我們就要拘留你。柯太太，我們至少要拘留到你有一個很坦白的聲明，說明你進去是為什麼的才放你自由。」

白莎道：「不行，你不能這樣整我，你不能整我……」

「可以的，柯太太。」宓警官和藹地說：「我現在就在執法。假如你沒有取裡面的一草一木，當然我不能依盜竊罪來處理你，除非——正如你剛才自己教導我的——除非我能夠證明你進入房子的目的是犯其他重罪。看來你進入房子之前是看過六法全書，有備而來的。」

「我沒有犯什麼其他重罪的目的。」

「這一點我不會忘記調查一下的，不過你也很難證明你破門而入沒有犯其他重罪的企圖，無論如何我向你宣告你被捕了，既然你懂法律，從現在起，你做任何不跟我去總局的行為都是拒捕，拒捕本身是一件刑罪。」

柯白莎想一想，看看他假面具一樣的臉，看到後面有一絲勝利的得意。白莎知趣地說：「好了，算你贏了。」

「你的車就讓它停在那裡好了。」宓善樓說：「我不喜歡你有在去總局的路上，拋掉任何東西的念頭。由於你打開音樂匣聽到『蘇格蘭的藍鐘花』那條歌，我想你從裡面拿出來的東西可能是很小的一件東西，藏也容易，拋也容易。柯太太，假如你不介意，請你再進屋去一次，讓我在拿音樂匣的時候，眼睛可以看得到你，我拿到音樂匣，我們就可以直放總局了。」

「好吧！」白莎說：「你凶，我們一起進去，你盯住我，不要閃眼睛。」

「不是盯住你，柯太太，只是形式上的。好了，現在假如你不介意，我要你在前面走，把手放在頭上，我可以看到你的手。你的手電筒不太管用，你看我的就好多了。」

宓警官打開他的五節乾電池警用手電筒，亮亮地照著走在前面的白莎回進盲人的平房去。

第廿七章　拘留

女監護帶領了柯白莎來到宓警官的私人辦公室門口，由女監護敲門。

「蘇格蘭的藍鐘花」的樂調，透過關著的門，叮叮咚咚的隱隱傳出來。

「進來。」宓善樓說。

女監護把門打開。「進去，親愛的。」她對白莎說。

白莎在門檻上停住，轉身，望向女監護——兩個粗壯，牛頭狗下巴型的女人，互相對視著。「好的，親愛的。」白莎怪氣地學樣說。

「找到什麼了？」宓善樓問。

「什麼也沒有。」女監護說。

宓警官抬起眉毛。「柯太太，我就不信你到房子裡去，什麼目的也沒有的。」

「你忘記阿福了，」白莎說：「有香菸嗎，你的女朋友把我香菸偷走了。」

「喔，抱歉。我忘了你的香菸，」女監護說：「我把它們放在——」

「沒關係，親愛的。算是我送給你的。」白莎說。

女監護不好意思地看警官一眼，對白莎說道：「那個時候，你應該說一下的，柯太太。」

「我不知道應該由我來說呀。」白莎說：「我還以為是經手三分肥，就像警察在水果攤上拿蘋果一樣。」

「這裡沒事了，皮太太。」宓警官說。

女監護怒視了一下柯白莎，一聲不響地退下去。

「請坐，」宓善樓對白莎說：「你說你要一支香菸，這裡，這裡有一支。」

他打開一包新菸，拿了一支給她。又自己從背心口袋掏了一支黑呼呼的雪茄出來。把尾端剪掉，放進嘴裡，暫時並沒有點火的打算。

「一定和這個音樂匣有關。」他說。

「有關什麼？」

「你跑過去，把它打開，又把它放下，離開。你什麼東西也沒有拿，我也覺得你沒有帶點東西進去栽贓。」

宓善樓自抽屜中拿出一個放大鏡，仔細地觀察這音樂匣，前後左右，裡裡外外。特別注意它有沒有什麼秘密小抽屜，裡面會藏著白莎帶進去栽在裡面的證據。

當他確定不是那回事後，他把音樂匣關上，再仔細看它的外表，他看那幅美女圖，他說：「會是這個嗎？」

「什麼？」

「那幅畫，一個失蹤了的繼承人，是嗎？」

白莎十分高興在言詞上戰勝了那個女監護，她舒服地靠到椅背上，大笑起來。

「什麼事那麼好笑？」

「想到這位十九世紀的美女。」白莎道：「一個痴肥，貧血的傻子，穿了捆粽子一樣的束腰，隨便什麼人說一個鹹濕的笑話她都會昏倒，你認為我會為了她，老遠的從——」

「是的，是的。」白莎自動停下來之後，宓警官說道：「越來越有意思了，柯太太，老遠的從哪裡趕過來呀？」

白莎把嘴唇閉得緊緊的。

「差一點要漏出來了，是嗎？」

柯白莎知道自己差一點說出老遠自河邊鎮趕過來，偽裝地猛吸兩口香菸，賭氣地把兩片嘴唇合在一起什麼也不說。

宓善樓經過桌子看向掛在牆上的一只大鐘。「兩點十分。」他沉思地說：「是晚了一點，但是這是一件大案子。」

他又打開音樂匣，研究匣蓋裡面的那張標幟，拿起一本電話簿，拿起電話話機，說道：「給我一個外線。」他撥了一個電話。

過了一下，他溫和地說：「真抱歉這個時候驚擾你。我是警察總局的宓善樓警官，這時候找你為的是我在追一件謀殺案的一個線索。你是老闆白先生嗎？喔，那很好。我要請問你，你會不會記得一個有你們店標幟的音樂匣。是老式的，有一條金屬梳子樣的板，一個有短刺的圓筒和發條那一種。一面是田舍風景，一面是個女人像，唱的是『蘇格蘭的藍鐘花』，還有——喔，你記得，我知道了，你記得，是的，她的名字叫什麼？戴瑟芬嗯？喔，好，戴瑟芬。」

宓警官靜聽對方說話一陣子，想了一下，他說：「好了，免得弄錯，我對你重複一遍。這個戴瑟芬一個月之前來你們店，見到這音樂匣，說要買這個音樂匣，但是她沒有那麼多錢來付。她付了少許定金說九十天之內來取。她在星期三打電話給你，說是現在她已有錢了，她會電匯給你。她要你派一個人把音樂匣送去給那個盲人，而且叫你不可以洩漏說出是什麼人付的錢，只告訴他這是一個朋友送的禮品，是嗎？」

宓善樓又停下說話一陣子靜聽對方說話，然後他說：「好了，另外有一個問題。那封電匯的電報是哪裡送出來的？紅地嗎？你不知道她是不是住在紅地？喔，這樣的，住在洛杉磯，只是出門來到紅地。你認為她是那盲人的親戚嗎？喔！沒有講。喔！你只見過她一次，就是付定金那一次。有沒有說在哪裡工作。懂了，好吧，多謝了。要不是那麼要緊，不會半夜給你打電話的。十分感謝你的合作，是的，這是凶殺組的宓善樓，宓警官，我會這一、兩天之內親自來再拜訪你一次的。要有什麼想起來，或發生和這事有關的，請你給我電話，謝了，再見。」

宓警官把電話掛斷，轉向柯白莎，好像第一次相見一樣看著她。

「有點道理。」

「我不懂你在想什麼？」

善樓說：「我在想今天下午你收到的由你付款的電話，是不是從紅地來的。」

「絕對不是。」白莎保證地說。

「你不會在乎我對這件事加以調查吧？」

「不要客氣，你儘管調查你的。」

「恐怕你沒全懂我的意思，柯太太。在我對這件事調查的時候，我要知道你在哪裡。」

「這是什麼意思？」

「我就是這個意思。」

「你的意思是要把我看守起來？」

「喔，那要浪費本市很多不必要的開支，柯太太。我不會有這種想法的。而且，這會造成你很多不方便的。」

「那麼，你是什麼意思呢？」

「假如你跑來跑去，想到哪裡就溜去哪裡，又會增加我們很多人力物力來跟你跑，不過假如你肯留在一個地方我們就方便了。」

「我的辦公室？」

「或者是我的。」

「你到底什麼意思？」

「我的意思是假如你留在這裡一陣子，事情就簡單了。」

「你不能這樣沒有名義強留我。」

「當然不行。」善樓說：「我第一個就會反對沒有名義強留別人。柯太太。」

「那就好。」柯白莎勝利地說。

「等一等，」他說話阻止她自椅子裡站起來。「我不能沒有名義地留你在這裡。但是我當然可以因為今晚你破門進入他人住宅留你在這裡。這是件刑事案。」

「但是我沒有取走任何東西呀。」

「這一點我們還沒有完全確定。」

「我已經被搜查過了。」

「但是很有可能在你看到我的時候，你把拿到的東西抛掉了。也許你進入的目的是為了其他重大刑案。所以，柯太太，我已經決定用這個名義把你留在這裡，因為我還要做一點調查工作。」

「哪方面的調查工作？」白莎憤怒地問。

「譬如，你今天離開辦公室的奇怪行徑。你走路到第七街去搭街車。你在大馬路下車。我派去跟你的兩個便衣以為有苗頭了。你是步行的，顯然要靠街車。我們開車的一個人把另外一個人放下車來跟住你，他自己開車繼續前進準備兜回來把車子停在你下車前不遠處的一個消防栓前面。就在他轉彎後，你的汽車來了，你跳上車呼嘯而去。我那步行的人叫車也叫不回來，讓你在手縫中溜掉。」

宓警官按下叫人鈴把女監護又叫進來。當女監護走進他辦公室後，他說：「皮太太。這位柯太太要留在這裡至少到明天上午。請你幫她安排一下。」

女監護微微一笑，惡意地表示最後勝利。「樂於幫忙，警官。」她說。然後，轉向白莎，敵意地說：「跟我來，親愛的。」

第廿八章　白莎有麻煩了

單調，緩慢的腳步聲，走在兩側都是鐵牆鐵門的走道上，發出空曠的回音。

柯白莎在一間鐵牢房後面，生氣地坐在近走道的一側。她聽一串鑰匙的互撞聲，然後是鑰匙塞進她牢房鐵門的聲音，一會兒之後門被打開，一個有些邋遢的女人，用沒有生氣的聲音說：「哈囉。」

「你是什麼人？」白莎問。

「我是模範囚犯，是這裡的雜役。」

「你要幹什麼？」

「他們要你去辦公室。」

「為什麼？」

「他們不會告訴我的。」

「去他們的，我不去，要留在這裡。」

「假如我是你，我不會這樣做。」

「為什麼？」

「有什麼好處呢？」

「讓他們來捉我過去好了。」白莎道。

「別傻了，他們可以這樣對付你的。我要是你我就去。我想他們要放你自由了。」

「我還是要留在這裡。」

「想留多久呢？」

「不出去了。」

「沒有用的，好多人和你一樣，但是對他們並不造成威脅的。你總有一天要出去的，於是他們又要笑你了。」女雜役用平靜，好像說過無數次的聲調說給她聽。「我記得有一次一個女人說她要留在裡面，不出去。他們只告訴我把門開著，不要鎖。告訴她什麼時候她想走，自己出去好了。她在裡面留了一個上午，中午的時候她走了，大家哈哈大笑。」

白莎一聲不吭，自地上爬起來，跟了女雜役走過會起回音的走道，經過一個上鎖的門，來到電梯，下去到一個辦公室，一個白莎沒有見過的女監護抬頭看她道：

「你是柯白莎？」

「我是柯白莎。你最好多看我兩眼，因為你還會見到我。我出去了就……」

女監護打開一個抽屜，拿出一個很重，簽封了的馬尼拉封套，她說：「柯太太，這些是昨天你進來時的私人物件。請你自己點收一下。」

「我要把這個渾蛋地方搞得天昏地暗。」白莎說。「你們不可以這樣對待我。我是一個受尊敬的公民，我有老實的生意，我付稅，我——」

「是的，目前請你點一下這些東西。」

「我要告市政府。我要告宓善樓警官，我——」

「我知道，柯太太，這是你的自由。這些我都管不著。目前的事是你先要點收這些東西。」

「你也許以為不管這些事，但是等我把一切辦妥，你會知道這裡每個人都有份。我會——」

「柯太太，你什麼時候要開始提出告訴？」

「我出去就去看我的律師。」

「你沒有出去當然見不到律師。要是你不點收你自己的東西你又出不去，所以你還是點收你的東西吧。」

柯白莎把封套撕掉，自封套中拖出她的皮包，用顫抖的手把皮包打開，向內看了一下，把皮包關上，說道：「還有什麼鬼手續？」

女監護向女雜役點點頭。

「這裡來，夫人。」

柯白莎仍站在辦公室桌前，她說：「我聽到過很多民眾對條子抱怨的事，但是，這件事——」

「柯太太，昨天晚上你是因為有竊盜嫌疑所以暫時拘留的。我相信他們沒有對你提起公訴，但是釋放令上是懸案待調查。」

「喔！我懂了。」白莎說：「你現在是在恐嚇我。假如我要對付你們，你們就提出這個竊盜控訴，是嗎？」

「柯太太，這一切都是我完全不知道的。我只是把記錄告訴你。這是我們釋放因嫌疑受拘留嫌犯的常規。再見，柯太太。」

柯白莎還是站在原位。「我是一個職業婦女。我自己工作上還有重要的事要做。把我留在這裡使我不能工作，用捏造的口實來拘留我——」

「你的時間很寶貴嗎？」

「當然。」

「柯太太，那就不必再站在這裡浪費它了。」

白莎道：「我是不會再浪費時間了。我只是要你替我告訴宓警官，就說他的方法會得到報應的，告訴他我會要他的頭皮的，好了，再見。」

柯白莎轉身向門口走去。

「還有一件事，柯太太。」

「什麼？」白莎問。

「關門要輕一點。」女監護說：「不過為了這種客人，我們已經新裝了一具彈簧自動關門器了。」

白莎走過一扇鐵柵的大門，走入晨陽斜照的街上，像一般出獄的罪犯，她深吸一口自由的空氣，動一下肩關節。以示她現在要幹什麼就可以幹什麼。

八點四十五分她回到了辦公室。

卜愛茜正在打開一天的信件。

白莎旋風似地走進自己的辦公室，把皮包向辦公桌上一摔，嘴唇顫抖，帶著怒氣地說：「你給我接通宓警官，愛茜。即使把他從床上叫醒也不必顧忌。你給我接宓善樓過來！」

卜愛茜看到白莎在抖動，臉色蒼白，什麼話也不說，放下手中的函件，拿起電話號碼本和電話，立即開始她的工作。

「哈囉，警察總局？我立即要和凶殺組的宓警官通話。謝謝你，這是要緊事。是的，柯白莎的辦公室。等一下，警官——柯太太，接通了。」

白莎一把抓起話機。「我有話要告訴你。」她說：「我已經仔細想了很久了——很久很久了，坐在你那混蛋的監獄裡。我要告訴你。我要——」

「不必了。」宓善樓插嘴大笑道。

柯白莎說：「我馬上就要——」

「你馬上就該冷靜下來。」宓善樓又插嘴阻止她說下去，笑聲也完全沒有了。「你以往一直維持一個普普通通的偵探社；然後，突然地你和那一根火柴棒搞在一起，我當然是指賴唐諾，於是你也開始走斜路了。那最後幾件案子，你們都走的不是正途。因為賴是個聰明人，都被你們差一點地逃過去了。但是，現在賴去當兵了，你是一個人了，你就穿梆了。你是破門而入，當場以現行犯被捉住的。我們警方只要用這一點把你送法院，你的執照就會被吊銷。而你——」

「千萬別再來討好我，你這隻大猩猩。」白莎喊道：「我希望我比你大一號直接把你從辦公椅上拖起來，把你用耳朵掛在牆上。我現在知道為什麼有人會發狠謀殺人，我只希望兩隻手能捏到你脖子上。你——」

白莎因為自己過份激動，哽住了自己的話。

宓善樓說：「你抱這種態度我就抱歉了，柯太太。不過我強烈感覺昨天晚上我去做調查工作的時候，要是沒有你在外面呱啦呱啦會方便得多。告訴你也許沒關係，由於昨晚上的調查，我們對這件案子的破案，有了決定性的進展。」

「你的進展關我屁事。」白莎說。

「柯太太，」宓善樓道：「假如你急著要去河邊鎮接你中過風的老媽媽，你就不必太勞駕了。你的『媽媽』現在在我的辦公室。我正在請他告訴我們的速記員和證人到底發生了什麼事。等他把證詞說出來之後，地方檢察官會決定要不要把你再監禁起來。我相信多幾次經驗你會學乖知道守法。也會知道和警方合作總是不會錯的。喔，還有件事。我們把你的車子從你停車的地方送回到你固定的車庫去了。當然，我們趁便檢查了一下。下次你要到哪裡去我建議你直接自己走到車庫去開車前往，這才是正途。當然這不關我的事，不過你故作玄虛地在街車上跳上跳下，汽車上爬進爬出，讓大陪審團聽到了會以為你昨天去聖般諾德是偷偷去做壞事的。這是不好的，你知道。再見。」

宓善樓在那一頭把電話掛斷了。

過份激怒的白莎，試了兩次才正確地把話機放回電話鞍座上。

「什麼不對？」卜愛茜問。一面注視著她的臉。

白莎的盛怒一下消失了。代之而起的是刷白的臉和恐懼的抽搐。「我有麻煩了。」她說，走向最近的椅子，坐了下來。

「什麼事情？」

「我出去，找到了那盲人。我把他從旅館中偷運出去。我絕對認為警方不可能知道這件事。我搞砸了。現在證據在他們手裡——他捉住我證據了。那個王八龜警官，他是對的。他們吃定了我。」

「那樣糟嗎？」卜愛茜問。

「還要更糟。」柯白莎說：「但是停下來等槍斃沒有用，我們一定要動，有點像在池塘裡溜冰，而冰已經裂了。你一停下來就完了。一定要動，要移動。」

「動到哪裡去？」愛茜說。

「現在，去紅地。」

「為什麼去紅地鎮呢？」愛茜道：「我不瞭解。」

白莎把音樂匣，宓警官和白氏古董店老闆的談話告訴愛茜。由於一時急著吐口氣，一反常情的，白莎把昨天一個下午及晚上的冒險行動及其結果，全部告訴了愛茜。

「所以，」白莎在最後一面自椅子裡站起，一面對愛茜說：「昨天我一宵沒有睡。我實在太生氣了。我一生從來沒有像昨天晚上那樣痛恨自己減了肥。」

「為什麼？」愛茜問。

「為什麼！」白莎叫道：「那邊有個邋遢的女監護不斷叫我親愛的。她是一隻長了雞冠，寬肩的老母雞。在我減肥之前我有把握一下把她摔出去，再跑去坐在她身上。而我真的會這樣做。我會坐在她身上坐到天亮。我有麻煩了，愛茜，我一定要離開辦公室，躲一躲，等這件事冷下來。他們已經捉住了那盲人，他會把一切都告訴警察的。宓警官是對的，我應該依照正常方法做生意的。但是唐諾這小子不知怎麼搞的，他做這種狗皮倒灶的事做得順理成章，是他把我養成這種偷食的壞習慣的。我要好好用點腦筋，愛茜。我要離開這裡去喝點酒。而後我要去紅地。」

第廿九章　真正的戴瑟芬

日光曬得紅地鎮地區又乾又熱。一條條種植得整整齊齊的柑林伸展出去，像是在淺藍色的天空背景上，畫出了很多的深青色條紋。界在中間的是海拔一萬呎以上高山的山峰。乾的大氣中本來有才洗過澡似的新鮮乾淨感覺，可以使開車來這裡的人精神為之一振，但是一路在擔心的白莎，心靈已經閉塞了，感覺不出田野之美和空氣的新鮮。

白莎不很靈活地從汽車中出來，蹣跚地經過人行道，頭是低著的，兩臂不斷甩動，爬上進療養院的石階，來到門廳，用沮喪無力的語氣，問詢問處的小姐道：

「你們這裡會不會正好有一位戴瑟芬小姐？」

「請等一下。」小姐用手指撥弄她的卡片說道：「是有，有，她是在單人房，二〇七室。」

「有護士在招呼嗎？」白莎問。

「沒有。她是在等候完全康復的。」

白莎說聲謝謝，拖著她疲乏的身軀走上走道，經樓梯上樓，找到二〇七室，輕輕有禮地在門上敲了兩下，自己開門進去。

一個金髮女郎，大概二十七歲，有一雙深藍的眼珠，微笑的嘴唇，稍翹起的鼻尖，坐在靠窗的一張椅子裡。她穿著休閒的絲袍。前面另有一張椅子，放了個大枕頭，她的兩條腿放在膝頭上，兩膝互相交叉著。她正在很有趣味地看著一本書，白莎進來時她抬起頭來用兩隻深藍的眼睛看向她道。「你嚇了我一跳。」

「我敲門了呀。」白莎解釋道。

「我被這本偵探小說迷住了。你看過偵探小說嗎？」

「有時也看。」白莎說。

「在進醫院之前我從來沒有看過偵探小說。我也從來沒時間看，但是我成了忠實偵探小說迷。我想刑案的偵破是世界上最好玩的事。你呢？」

白莎說：「這要看你從哪一個角度來看這件事。」

「好了，請坐，你看我有什麼事嗎？」

柯白莎疲乏地坐進一張舒服的沙發，問道：「你是戴瑟芬小姐？」

「是的。」

「你是和一個盲人相當有友情的戴瑟芬小姐。」

「喔！你是指常在銀行拐角那個盲人。」戴瑟芬熱心地說。

白莎無力地點點頭。

「我認為他相當可愛的。實際上，他是我見到心地最善良的一個人。他的人生觀非常合理，一點也不自暴自棄，也不怨天尤人。很多盲人把自己封閉起來，與世脫節了，但是他不會。他甚至比他沒有盲眼時更關心世上的一切。我想他過得尚稱快樂，當然有很多不便，不過我是指心靈上，相當坦然。」

「我也認為如此。」白莎不是十分熱誠地承認。

戴瑟芬很熱衷於這個話題。「當然，他沒有受過什麼教育，所以很難從好的起點開始。假如他學過盲文，用觸覺來讀書，也許出路不同，但是他沒有。他也付不起學費，他是一毛錢也沒有，只能靠別人幫助過日子。」

「我瞭解。」

「你不瞭解，後來他運氣來了。一個人幫助他在石油上投了一點資。現在他有錢了，要怎樣花都可以了。但是他感到太晚了，他太老了。」

「那我也知道。」白莎說：「他那個音樂匣是你送的？」

「是的——但是我不要他知道是我送給他的。我只叫他們說是一個朋友送的。

我只是不要他心裡有負擔，這樣一件貴重禮品是來自一個自食其力的女孩子。當然他不知道我現在可以付得起這件禮物了。在我付定金的時候，我的確有點付不起這貨款。」

「原來如此。」白莎道：「我好像把事情一再弄錯了，你不會正好認識另外一位碰到車禍了的戴瑟芬小姐吧？」

「什麼樣的車禍？」她好奇地問。

白莎說：「星期五晚上六點，銀行大廈拐角發生的車禍。一個男的撞上個年輕女孩子，把她撞昏過去。一開始她以為沒什麼——」

「但是我就是那個人。」戴瑟芬說。

一身的疲乏突然自白莎體內消失，她把背一下彈直。「你是什麼人？」她問。

「我就是那個被撞倒的年輕女孩。」

「我們兩個人當中，有一個一定瘋了。」白莎說。

戴瑟芬笑出聲來。「那一定是我。真如一場大夢一樣。那人撞倒我，把我撞昏過去，但是他是一個很好的年輕男人。那時我不認為自己有嚴重的傷害，第二天我起來就有點昏眩，而且頭痛得厲害。我去看醫生，醫生說我有腦震盪。他建議我要完全休息和——」

「等一下，」白莎說：「那個男人有沒有開車送你回家？」

「是他建議的，我就也讓他送我回去。開始我並不覺得受傷了。我知道有撞昏過去一下下，我自己也有點不好意思。因為——對我說起來我走的是綠燈，就因為如此我根本沒有仔細看一下——反正，他堅持我應該去醫院檢查一下。我一再拒絕，所以他就要送我回家。」

柯白莎看起來像見到了鬼一樣。她說：「之後呢？」

「男的看起來是一個標準紳士，但是上他車不久，我就發現他喝過不少酒。然後我看出他有點醉了，越來越醉他就把紳士的假面具拋掉，露出尾巴，從口頭上不三不四，進而就動手了。我摔了他一個耳光，叫他停車，我下車，換乘街車回家。」

「你沒有告訴他你住哪裡嗎？」

「沒有，一開始只是告訴他個方向。」

「他也知道你的名字？」

「我告訴他了，看來他醉了也不會記得住。這一點我記得很清楚。」

柯白莎眼睛睜得滾圓，她說：「你假如要我完全發瘋，從窗上跳出去，只要告訴我你曾經住過山雀公寓。」

「但是，我不但住過山雀公寓，我現在還是住山雀公寓。南費加洛路上的山雀公寓。你怎麼會知道的？」

白莎一把掌拍向自己前額就放在那裡拿不下來。

「怎麼啦？」戴瑟芬問。

「他奶奶的，」白莎說：「真他奶奶的。我見到大頭鬼了。」

「我不懂你說什麼？」

「你說下去，把之後的事告訴我。」

「沒有什麼了呀！車禍第二天早上我就不舒服。我去看醫生，他叫我完全休息。我當時沒有錢，但是知道有一筆錢會來。我想也許我可以安排一下——那就是，葛太太，梅先生的管家有一些錢保留著做日常開支的；此外也許我可以預支我的薪水。我想我應該先告訴你梅先生是我老闆，他那天死了，死得相當突然——」

「這些我都知道。」白莎說：「告訴我有關錢的事就好。」

「我去找葛太太，她手上沒有多餘給我做我想做的事，但是她叫我進去躺下來，她來想想辦法看。她真是能幹，保險公司給我一個太有利，太有利的妥協。」

「怎樣一個妥協？」

「他們同意我的醫生，我應該全休一個月到六個星期。同意我應該到一個沒有人知道，所以沒有人打擾的地方，把全世界的事拋諸腦後，也不要通知任何朋友來看我。我的老闆死了，反正暫時也沒工作做。保險公司同意送我這裡來療養，每一分錢都由他們付，還照以前薪水付我兩個月，離開洛杉磯時給我一張五百元的支票，另外保證我出院的時候有工作做，夠慷慨了吧。」

「你簽了什麼文件嗎？」

「有。這是一個合法，完整的妥協，我簽了字——應該叫作放棄權利書吧。」

白莎說：「老天！」

「我不懂，好像你不太舒服，是我告訴你這些的原因嗎？你能告訴我怎麼回事嗎？」

「那保險公司，」白莎說：「是不是共益保險公司，那個和你們接洽的人是不是R・L・傅？」

「不是，怎麼啦？」

「那是什麼人？」白莎問。

「好像是對等汽車保險會社，反正就差不多這樣個名字。派來的人姓彌，很少的姓，是他辦好一切手續的。」

「支票你用什麼方法兌的現？」

「最後一刻付的是現鈔，因為那是星期六的下午。彌先生說銀行都關門了，而我急著要來比較安靜的這裡，所以他方便我給的現鈔。在簽完字之後，你知道他告訴我什麼？」

「不知道。他告訴你什麼？」

她大笑道：「他的客戶當時醉了，醉到不記得曾經撞倒過人。他承認喝了很多烈酒開車回家。他甚至不記得到過那個撞到我的路口。完全不記得出過車禍。我真的不相信會有──」

「等一下，」白莎問：「照你這樣講，你又是怎樣能聯絡上那保險公司的呢？」

「是葛太太辦的。」

「我知道，但是她又怎麼能聯絡得上那保險公司的呢？憑了什麼──」

「我記得那男人的汽車牌號。」

「你寫下來了嗎？」白莎問。

「沒有，我沒有寫下來。我記住而已，我告訴葛太太是幾號。當然回家之後我就寫下來了，我剛才說沒有寫下來是說我沒有在現場，當了汽車的面把它寫下來，怎麼啦，有關係嗎？」

「你做了最笨的事了。」

「我？」

「是的。」

「什麼事，我不懂。」

「你把汽車牌號記錯了。」白莎道：「你記錯了，可是無巧不成書，你記錯車牌的那個主人，也正在這個時候，喝得爛醉在開他的車。」

「你說那個人——那個保險公司——」

「正是這意思。」白莎說：「你們弄到的一個人正好醉後開車，走的哪一條路都不記得，也不記得有沒有撞到人，也許他撞了個別人。當葛太太找到他，他當然急了，他報告保險公司，保險公司急了。匆匆趕來，你們要什麼，他們給什麼。」

「你的意思這個人根本沒有撞到我？」

「你要求賠償的那個人，不是撞到你的那個人。」

「不可能。」

「我知道是巧了一點，」白莎說：「但是這是事實。」

「那對我有什麼影響呢？」

白莎說：「使你站在世界的頂端，再來一次要什麼有什麼。」

「我不懂。」

白莎打開皮包，拿出一張公事卡片，臉上透著微笑。她說：「這是我的卡片。柯賴二氏——私家偵探社，我是柯白莎。」

「你說——你是一個偵探？」

「是的。」

「哈，真過癮！」

「不見得。」

「你一定有了不起的經歷，你一定忙得錯過吃飯時間，你有沒有胃潰瘍。看你昨晚上一定開夜車，沒有睡——」

「是的，」白莎打斷地說：「我們這一行是有不少奇怪經歷和晚上不能睡覺，我現在不是找到你了嗎？」

「但是，你為什麼要找我呢？」

柯白莎道：「我要替你賺一些錢，假如我給你找到錢，你肯不肯給我一半——百分之五十呢？」

「什麼錢？」

「保險公司賠償，酒後駕車撞人的錢。」

「但是我已經得到賠償了，柯太太，我們已經妥協了。」

「沒有，你沒有。你還沒有叫真正撞你的人賠償你，他們賠償你的總價是多少？」

「你說這一家保險公司？」

「是的，跟你妥協的一家，那家汽車保險公司。」

「他們要付我兩個月薪水，兩個月是二百五十元。他們要付這裡全部的費用。我不知道多少，但我想大概是十元一天。兩個月是大概六百元，已經給了我五百元。老天！柯太太，他們要花一千三百多元。」

「你說，」白莎道：「你簽過一張放棄權利狀，你是放棄那一家保險公司的投保人，一切你可以控訴他的權利。你並沒簽放棄控訴共益保險公司任何投保人的文件，現在，我告訴你怎樣辦，你把一切控訴權交給白莎。我可以從共益保險公司得到一大堆的錢，我不論弄到它多少，你要付出其中一半給我，我保證你的一份至少兩千元以上。」

「你說兩千元現鈔？」

「是的。」白莎道：「拆帳之後，你的一份，至少會有兩千元。當然，我的一份和你的一份一樣，也是至少兩千元。那是最低估計。我有把握可以多弄一點，每一份也許三千元，四千元。」

「但是，柯太太，這就不誠實了。」

「有什麼不誠實？」

「因為我已經簽了一張放棄權利狀給保險公司。」

「但是那是個錯誤的保險公司，錯誤的駕車人。」

「我現在知道了，但無論如何，為這件事，我收過錢了。」

「他們付過錢了，那是他們運氣不好。」

「不行，我不能這樣做。倫理上不可以這樣做，這不誠實。」

「聽著。」白莎說：「保險公司鈔票太多了，他們大筆大筆的賺，那個人酒後駕車，醉到在做什麼，做了什麼都不知道了。葛太太告訴他，他撞了你，把你撞昏，又調戲你，他還真信了，他馬上叫保險公司出面來擺平。也許他對保險公司說：『我闖禍了，昨天下午我開你們保險的車，我喝醉了，不知發生什麼事了，我撞了一個年輕女人。她現在有腦震盪，躺在她老闆家裡。你們快出面來擺平它。』」

「他說了，又怎麼樣？」戴瑟芬問。

「你看不出嗎？他根本沒有撞你，你給他一張放棄權利狀，算哪門子，什麼意義也沒有。換言之，有人撞了你，由我來給你一千元，叫你簽張放棄權利狀給我，那是沒有用，並不是說你不能再控告真正撞你的人了，你還是可以要求真正撞你的人賠償你的。」

戴瑟芬平整的前額皺起橫紋，她轉頭望向窗外研究白莎給她的建議，太陽光跟了她在移動的金髮閃閃發光。然後，她下決心給白莎一個堅決的搖頭。

「不行，柯太太，我不能這樣做，這是不公平的。」

「假如你一定要公平，」白莎說：「你該打電話給那保險公司，就告訴他們這是一場誤會，是你把車牌號記錯了。」

懷疑的眼光立即自戴瑟芬眼光中看出來。「我絕對不會記錯車牌號碼的。」她說。

「我告訴你，你記錯了。」

「你怎麼會知道？」

「因為我知道真正在處理這件案子的保險公司。」

「好吧！」戴瑟芬說：「既然你知道那麼許多，那麼你來告訴我，我記錯在哪裡，那輛真正撞我的車子是什麼牌號？」

白莎避開這一點，她說：「我實際上真的和那家保險公司的代表談過話，他告訴我假如你——」

「那輛撞我的車子，是什麼車牌號碼？」戴瑟芬打斷她說話，堅定地問道。

「我不知道。」白莎承認道。

「我就知道你說不出來。」戴瑟芬道：「柯太太，我不知道你來這裡的真正目的。但是我怕你的目的總有幾分對我不利的。依我看來，我現在的妥協已經很滿意了。」

「但是，依你的說法，這家保險公司沒有義務，可是付了你賠償，這是不公——」

「不過柯太太。你才說過，保險公司大筆大筆賺錢，他們鈔票太多了，你意思是用點他們的錢沒關係的，是嗎？」

「那是我的理論。」白莎說：「當然，假如你很在意的話——」

「那就算也是我的理論好了。」

「那你要由我來對付另一家保險公司？」

戴瑟芬搖她的頭。

「請求你。」白莎殷勤地說：「讓我來替你工作，我告訴你我可以那麼簡單替你弄到錢。」白莎用兩手指爆出一聲響來。

戴瑟芬微笑著，「柯太太，我想你是在搞我的鬼。我聽到過很多人說保險公司會搗鬼，我看到彌先生那樣有效率還真的印象深刻。是不是總公司不同意他那麼慷慨，叫你出馬要賴一點債，是不是？」

白莎無力地說：「不是的，事實正像我剛才說的，你把車牌號碼記錯了。」

「但是你說不出來記錯在哪裡？」

「說不出來。」

「恐怕你連牌照上的一個字也不知道吧？」

「不知道，我對那個人毫無所知。我只知道這家保險公司。」

「你知道那開車人姓名嗎？」

白莎生氣道：「我告訴過你，我對這渾蛋人毫無所知。」

戴瑟芬拿起她的小說。「柯太太，真抱歉，我想我不想再討論這件事了，要再見了。」

「不過，戴小姐，你知不知道賈瑪雅在公寓裡假扮是你？你知不知道——」

「對不起，柯太太，我說過我不再討論這件事了，再見！」

「但是——」

「再見，柯太太！」

第三十章　峰迴路轉

柯白莎到了星期三的早上才回到她辦公室去上班。

「你一直在哪裡呀？」卜愛茜問。

白莎明顯日曬過度的臉上掛起微笑。她說：「我去做我比較內行的一件事了。」

「什麼呀？」

「釣魚。」

「你是說昨天一天你都在釣魚呀？」

「是的，這一兩天倒楣倒到人都快炸瘋了。我決定去它的，血壓一定到二百八十了。我爬上車，開到海濱，租了些用具，自己獨樂一番。你知道發生什麼了，亂七八糟，巧也不能再巧了。可以登上今古奇觀，巧到沒有人會相信的事情發生了。」

「什麼？」愛茜問。

「撞到戴瑟芬的人是酒醉了的，戴瑟芬以為她記住了他的汽車牌號。她沒有，她記錯了一個號碼，多半是把幾個數字顛倒了，但是無巧不巧的，這個牌號的車主，相同時間，也喝多了酒在街上跑。因為喝多了，他都不知道是否撞過她。所以她目前的情況可以叫兩家保險公司付她鈔票，只是她笨到不能理會——」

「柯太太，你最好先唸一下賴唐諾給你的信。」愛茜說。

「唐諾又來信了嗎？」

「他命令我聽寫下來的。」

「叫你聽寫？」

「是的。」

「什麼時候？」

「昨晚上。」

「什麼地方？」

「就在這辦公室裡。」

「你說賴唐諾昨天自己本人來這裡了？」

「是的，他請准了三十六小時的假，乘飛機飛下來，親自到這裡來看我們。老天！他穿了軍裝很帥的，他也強壯多了。人也直挺了一些，加重了一點，看起來結實得像——」

「你為什麼不找我呢？」白莎怪叫道。

「我找死了，柯太太。你說你去紅地，我把你對我說的每一件事都告訴唐諾了，他立即跟你去了紅地。我想你走了才半個小時，賴唐諾就回來了，所以他幾乎是和你前後腳去的紅地，你要他的信嗎？」

白莎一把自愛茜手中攫過那隻信封，開始向她自己的私人辦公室跑，回過頭來向愛茜道：「什麼事都不要打擾我，不接電話，不見客，不要客戶，什麼都不要。」

卜愛茜點點頭。

白莎再次覺得世界上的一切都是不利地對付她一個人的，她把封住的信口用力地撕開，一屁股坐進她自己的椅子，開始唸這封長信。

親愛的白莎：

真遺憾沒有能見到你，因為我有這個偵探社的一半，所以對你最近在辦的這件案子，我非但關心，而且一直在注意其發展。突然有一個難得的機會，我有三十六小時休假，所以決定下來看看我能不能幫你一點忙。你不在辦公室，愛茜說你去紅地，為的是戴瑟芬曾在那裡或者聽說到過那裡，我租了一輛車也開車去紅地。

由於幾種特殊情況，我早已有結論戴瑟芬可能是在市外的一個醫院裡。事實是有兩件禮物被送給那個盲人，一件是經過巧思的禮物，正如一個有同情心的少女會送給這樣一個男人而不留任何紙條的，另一件是毫無巧思的，帶了一張字條，使我想到有兩個戴瑟芬；一個是真的，另一個當然是假的。

你和山雀公寓女經理的會話，應該使你瞭解，那個你見到在辦離開的女人，是經理認識的賈瑪雅。你再想想那一晚你見到在忙著遷出的女人和你的對話，應該對全局有所瞭解了。

我一到紅地，要找到戴瑟芬是容易不過的事。我找到戴瑟芬是你離開她後的四十分鐘之後。我告訴她我是什麼人，發現她非常激憤，而且充滿敵意。在疑心百出，隨時戒備情況下，她還是和我談話，回答我問題，又聽了我的解釋。

假如你不怪我多嘴，原諒我實話實說，你所犯的錯誤，是因為你的老毛病，太貪心了。你不斷從你自己的角度來看事情。由於你一直想從保險賠款中弄它兩千五百元錢，所以你一直從保險角度來看，來想，而不知道這只是本案的一個小關鍵。

用了一點同情和技巧，終於我說服了戴小姐，我是在糾正一件失誤，做一件替天行道的事。於是她就肯開口，一旦她開口了，一切就更澄清。

我先假設這個戴瑟芬在梅好樂活著的時候確是替他工作的，這一點她證實了。我又問她記不記得哪一天他要她簽字做一張遺囑的證人，她說記得十分清楚。她也記得第二個證人根本不是什麼包保爾，而是梅先生辦公室隔壁一家照相公司的一個姓孫的。遺囑根本不是在家裡立的，是在辦公室立的。

我請戴瑟芬為我簽一個名看看，結果根本完全和遺囑上戴瑟芬的簽名完全不相同，也毫不相似。

這件事我推理過很多次，我為小心起見還查過一九四二年一月二十五日的氣候報告，很明顯的是你忽略了這一點。假如你想到這一點，你會查到那一天整天下大雨，所以包保爾就不可能在露天的車道上洗車。

我也問戴小姐，梅好樂先生突然死亡前的症狀，她清楚地記得是還有小腿後面肌肉的抽痛。這些症狀實在太典型的是砷中毒了，交給警方來檢查的話一定容易水落石出的。

簡單言來，梅好樂是週五早上中的毒。他在週五傍晚死亡的。戴瑟芬自辦公室要回家，被車子撞到，得了腦震盪。第二天早上她有症狀出現去看醫生，醫生叫她全休，要她住院或者去療養院拋開塵俗一段時間。戴瑟芬沒有錢，認為葛蘭第可以先幫她一下忙，所以她去梅府見葛太太。

葛太太的稀有天才在這時有機會發揮，她沒有打電話找肇事的男人，反而找了一個朋友假稱自己是彌先生，來自一家其實沒有這家公司的對等汽車保險公司。

就用這個方法，他們把戴瑟芬乖乖騙出城，住進療養院，而且至少有兩個月她不會出面。那樣他們就會有足夠的時間可以在遺囑上搞鬼。真如我懷疑，遺囑第一頁是真的，第二頁才是假到底的，你總還記得賈瑪雅是這件事件發生前三個星期遷進去和戴瑟芬同住的，那個時候這件事還沒有任何開頭呢。不過，你也會記得賈瑪雅也是葛太太和她女兒依娃的好朋友，她們都是一鼻孔出氣，而且有同等才能的。

梅好樂一死，葛太太找到了遺囑。她知道「堂弟」是一萬元完全打發走了。事實上第一頁是如假包換，真的。等到第二天，葛太太，包依娃和包保爾才想到遺囑可以抽換的可能性。主意顯然是葛太太所出，把戴小姐送走兩個月，他們有機會抽遺囑把遺產弄進自己的荷包。你該記得我在給你的電報裡提到過這個可能性，只要找個人假扮戴小姐，讓她在抽換的第二頁上簽名，叫包保爾簽名做第二個證人，偽造一個梅好樂的簽字，賄賂唯一的遺親梅克理達成協議，把他踢走，一切就完美了。真的戴瑟芬六十天內不會出現。再出來時『保險公司』曾答允給她找個工作。我保證是一個遠在南美，再也聽不到梅家消息的好工作。

一鍋子好好的稀飯，其中唯一的一顆老鼠屎，是那個開車撞到戴瑟芬的男人。他酒醉到令人可憎，但是並沒有醉到醒回來時完全忘記一切的程度。所以，他向保險公司用悔過的心情去報告，所以保險公司急急出動，欲彌反彰地要擺平這件事。車禍事件沒有報警，因為保險公司怕一報警真相會畢露，包括他連受害者的名字也忘了，等等，等等。

當他們看到你在廣告上找證人，當然他們向你進攻。用你來做他們唯一能找到受害人和擺平這件事的機會。

這時又鑽出一個孟吉瑞，他顯然後來極可能和保險公司合作，找到受害人，把你完全踢出局外。要不是那受害人不是真貨，她怕達成協議過程中可能會和開車的男人對面，破壞了遺囑事件的大事，否則你還真會被一腳踢走還是弄不到你所謂的油水。

這件案子中最大的線索是這個戴瑟芬，在「痊癒」後，為什麼沒有走近過這個盲人。在盲人看來這是無禮的，而且他非常計較的。你的朋友孟吉瑞猛在盲人身上下功夫。他嗅出了這裡面大大的有文章，漸漸他快要湊攏成型了。在此之前，他也曾經誤闖地造成一個機會，原可使我們瞭解一點梅府在醞釀的詭計，只是當時我們忽略了。記得他曾經打電話給梅府問戴瑟芬是否在那裡工作。你也記得他自稱和她完全是陌生人，這一點很重要，因為只要是見過戴瑟芬的人，他們是絕對不會讓假冒的戴瑟芬和他對面的。由於孟吉瑞是完全陌生人，所以才有機會見到假戴瑟芬的面。不幸的是孟吉瑞一看到這個女孩，立即知道她和車禍撞到的不是同一個女人。像孟吉瑞那種有特殊氣質的人，還有看不出這裡面有什麼大大機會的嗎？

你從假的戴瑟芬和從盲人那裡得來的資料，孟吉瑞已經組合起這件陰謀的內容了。

他到盲人家裡去並不是想得到什麼證據的。他去那裡只有一個目的，他要架起一個獵槍陷阱，把盲人殺掉。因為你知道，盲人是除他以外，唯一可能使遺囑陰謀敗露的人。盲人一死，只要他不開口，其他人都在享用遺產，當然誰也不會開口。（記住，這時連梅克理都已經有了四分之一了。）孟吉瑞的計畫是把盲人騙出去，自己回來把陷阱裝設好，立即去拜訪葛太太開談判，告訴她他知道多少，告訴她另外有一個可以破壞他們計畫的證人，告訴她那個盲人由他負責除去，而後他要和他們怎樣分這個財產。

假如他們拒絕，他可保證盲人會出面破壞。他們答應，反正盲人是必須消除的，否則他用分來的錢也不安穩。再說盲人和假瑟芬通過電話，他以為她受傷尚未恢復，他以為她記憶消失，但是只要他一起疑，他會想起那不是戴瑟芬的聲音。他會找原因，會請人調查。他信任丁先生，他要請丁先生延醫替戴瑟芬治病。盲人知道太多，危險太大，反正是一定要消除的了。

警方的錯誤是誤測陷阱是由一個盲人所設，原因是根本沒有設法加以隱藏，警方忽視了這個陷阱本是為盲人所設，所以根本不必隱藏。我們現在只能臆測孟吉瑞是怎麼死的，我看過你的信和你給愛茜歸檔的報告，事實也差不多可以一目了然。孟吉瑞把陷阱設好，拉妥了一根鋼絲，連在槍機和門上，只要一關門，獵槍會開火，在裡面關門的人會死亡。他準備離開了。這時那隻養馴的蝙蝠突然自黑暗中飛過來，也許停在他脖子上，也許拍翅打到了他的臉，他自然的後退，忘記了那支獵槍，碰到了那扇門，跳進了自己設好的火網，這是大自然主持正義的傑作，也叫作禍福無門，存乎一心而已。

這大概就是案子的全部情況了，除了一點，你會發現戴瑟芬在做證人時看過真的遺囑內容，而且對全文記得很清楚。假如遺囑的第二頁已經銷毀了，其內容仍可以口頭證明而合法認證。何況葛蘭第、包依娃、包保爾三個人當中，一定會至少有一個人，會為了自己減刑，出面作證真遺囑次頁的內容。

宓善樓推想陷阱是下午三時裝設的，他完全估計錯誤了。他的理論根據是蝙蝠在飛，除非蝙蝠受到騷擾，否則蝙蝠只在黑暗中飛。當時窗簾是全部放下的，這使室內非常昏暗。蝙蝠是在昏暗中飛行，蝙蝠是在傍晚，黃昏飛的，宓警官應該明白。因為他不明白，他把時間都想錯了。

喔！還有一點，就是梅好樂死亡的原因。很明顯的絕對不可能是葛太太一幫人幹的，因為戴瑟芬的車禍是在梅好樂死亡後發生的，葛太太絕對不可能預見到這一點。而在通常情況下，抽換一張遺囑絕無可能，也絕對沒有用處的。所以他們絕對不會謀殺衣食父母梅好樂的。詳細請問戴瑟芬，發現年老的梅好樂特別鍾愛真正的楓糖，他的堂弟不時寄幾小塊的不同楓糖給他，出事當天早上他還收到他堂弟自佛蒙特的農場寄來一小包裹的楓糖。梅好樂幾乎一下全吃完了，只是留下一小塊在他辦公桌抽屜裡。我相信請警察拿去化驗，一定會發現梅克理有點等不及了，想叫他偏執，有怪癖的堂兄早點滾蛋了。

因為你不在這裡，我私自作主把上述的各點告訴了宓善樓警官，讓他有機會一下獨破兩件謀殺案，替他帽子上加上一支羽毛。假如用興高采烈來形容他聽到這些之後的心情的話，恐怕還是輕描淡寫了一點。

喔，是的，我幾乎忘了。戴瑟芬對我們相當感激。她正式授權給我們偵探社，要我們代表她和共益保險公司妥協，不論我們為她爭得多少賠償，她答應給我們公司百分之五十酬勞。另外，她也怕遺囑會無法認證，所以也委託我們找證據使第二頁她的部份可認證。在遺囑中不論她拿到多少，她會給我們百分之十。

這真的是一切都包括進去了，附在信裡是戴瑟芬簽字給我們的委託書，我也簽了名代表接受，以便使這文件合法化，沒有人知道你到底去了哪裡，我要在這裡等到可能的最後一分鐘，而後我要乘飛機回舊金山去了。我一定要在限定的時間前趕返梅島海軍船塢報到。你瞭解我們國家在打仗，軍紀第一。目前我不能公開宣布，而且也沒有資格發表，不過我相信我們的後繼能力強過敵人太多，勝利是在望的。

我真的遺憾沒能親自見到你，卜愛茜會把這信打字打好，我相信你不必擔憂，經過這些事後宓善樓會和你處得很好的。

柯白莎把信放在桌子上，用兩隻手指伸進信封夾出一張委託書，戴瑟芬有簽字，另外還有兩位護士簽字做證人。

「他奶奶的。」白莎說。

她伸手去拿香菸，她的手在顫抖，連在桌子上的防潮菸匣的蓋子也打不開來。

白莎聽到外辦公室有動靜，然後是她私人辦公室的門突然打開。她聽到宓善樓警官大嗓子說道：「亂講，愛茜，她當然會見我。老天，她對我那麼好，我覺得自己也是這公司的一份子。」

宓善樓站在門口，大大的身軀，滿臉的和藹。

「白莎。」他說：「我來向你請罪，我對你粗了一點，但是你恩將仇報。大人不計小人過，你給我機會讓我一下破兩件謀殺案，而你和你那神經合夥人自己站開一邊，讓我一個人得到榮譽，我今天特地來要和你握握手。」

宓善樓大步向前，右手伸出直直的。

柯白莎站起來，握住宓善樓的手。

「一切都辦妥了嗎？」她問。

「一切都像你和唐諾所推測一樣，白莎，要是你有什麼事我們警察可以替你做的，你只要向我開開口就可以了，我想你知道我的意思的。我——我——他媽的，你過來。」

宓善樓用左手放在白莎右側肩上，肥厚的右手把她下巴抬起來，在她嘴上吻了一下。

「這，」他放開她說，「就是我想說的。」

柯白莎一下掉回椅子去。

「他奶奶的。」她愣愣地說，「真他奶奶的。」

相關精彩內容請見《新編賈氏妙探之8 黑夜中的貓群》

衛斯理傳奇之天涯

適逢衛斯理上市60週年暨及倪匡逝世週年之際，本社特別推出此套「倪匡珍藏限量紀念版」，以茲紀念這位「外星球」來的天才作家！

珍藏限量紀念版

倪匡 著

科幻教主第一人　六十載寫下傳奇
穿越未來與現在　橫掃宇宙及人間

鑽石做成的花是什麼概念？隆美爾寶藏又是怎麼回事？
衛斯理竟惹上可怕的死神？世界上最好的翠玉有多奇？

本書包含〈鑽石花〉及〈奇玉〉兩篇故事，〈鑽石花〉是第一篇以衛斯理為主角的故事，故事中對衛斯理這個人物的來龍去脈，有相當詳細的交代；並提及了他的初戀及與強勁敵手「死神」的精彩對決經過，高潮迭起！

「鑽石花」這篇故事，是衛斯理為主角故事中的第一篇，寫作時，還完全未涉及「科學幻想」這個題材。在第一次出版的時候，曾再三考慮要不要列入，結果還是列入了。——倪匡

新編賈氏妙探 之7 變色的色誘

作者：賈德諾
譯者：周辛南
發行人：陳曉林
出版所：風雲時代出版股份有限公司
地址：10576台北市民生東路五段178號7樓之3
電話：(02) 2756-0949
傳真：(02) 2765-3799
執行主編：劉宇青
美術設計：吳宗潔
行銷企劃：林安莉
業務總監：張瑋鳳

出版日期：2023年3月 新版一刷
版權授權：周辛南
ISBN：978-626-7153-81-9

風雲書網：http://www.eastbooks.com.tw
官方部落格：http://eastbooks.pixnet.net/blog
Facebook：http://www.facebook.com/h7560949
E-mail：h7560949@ms15.hinet.net
劃撥帳號：12043291
戶名：風雲時代出版股份有限公司

風雲發行所：33373桃園市龜山區公西村2鄰復興街304巷96號
電話：(03) 318-1378
傳真：(03) 318-1378
法律顧問：永然法律事務所 李永然律師
北辰著作權事務所 蕭雄淋律師

行政院新聞局局版台業字第3595號 營利事業統一編號22759935

定價：299元

國家圖書館出版品預行編目資料

新編賈氏妙探. 7, 變色的色誘 / 賈德諾(Erle Stanley Gardner)著；周辛南譯. -- 臺北市：風雲時代出版股份有限公司, 2023.01　面；　公分

譯自：Bats fly at dusk
ISBN 978-626-7153-81-9 (平裝)

874.57　　　111019812